「やっと、レイヴン様も次期当主としての
自覚を持ってくださったのですね。
お母上様はレイヴン様にやる気を出してもらおうと
苦労なさっていたので……やっと報われます」

マルス
マチルダ

レイヴン
キサラ

マチルダはまたため息をつく。

「婚約者……かぁ」

嫌で嫌でたまらなかったはずなのに。

今、レイヴンのことを考えると、
胸の奥にときめきが芽生えるのはなぜだろう。

死亡ルート確定の悪役貴族

努力しない超天才魔術師に転生した俺、超絶努力で主人公すら瞬殺できる凶悪レベルになったので生き残れそう

Author 六志麻あさ
Illustration 玲汰

DEATH ROUTE CONFIRMED FOR VILLAIN ARISTOCRAT

CONTENTS

DEATH ROUTE
CONFIRMED FOR
VILLAIN ARISTOCRAT
Illustrator 玲汰

第一章　悪役貴族覚醒

その日、俺は唐突《とうとつ》に前世の記憶に目覚めた。

「俺の名はレイヴン・ドラクセル。ドラクセル伯爵家の一人息子《ひとりむすこ》。一〇〇年に一人レベルの魔術の超天才。そして――ゲームに登場する悪役貴族」

言葉に出しながら目覚めた記憶の内容を整理していく。

「ゲームの世界に転生したのか、俺……？」

目の前の鏡を見つめた。

銀色の髪に青い瞳、整った顔立ちは少女と見まがうほどの美しい少年だった。そう、記憶にあるレイヴンの容姿そっくりそのままだ。

「前世とは大違いだな……」

前世の俺はいわゆる負け組の人生を送っていた。

勉強もスポーツもまるでダメ。

まったくモテず、彼女ができた経験もなし。そもそも友人すらいなかった。

やっと就職した先は三流企業で、おまけにブラックだった。

楽しいことなんて全然なかった人生。

帰宅してからのわずかな時間を費やして、寝る間も惜しんでやっていた据《す》え置《お》き型ゲーム機のＲＰＧ『エルシオンブレードファンタジー』……通称『エルシド』が唯一、俺にとっての楽しみだった。

それ以外の時間は毎日早朝から深夜まで仕事をして――そこから先の記憶がない。

もしかしたら過労死でもしたんだろうか？

その後、俺の記憶はレイヴンとしての記憶へとつながる。

ここがゲームの中なのか、ゲームそっくりの世界なのかは分からないけど、俺が転生したということはなんとなく分かった。とにかく『エルシド』に登場する悪役貴族の少年『レイヴン』が今の俺だ。

「……まずいよな、これ」

そこで一つの事実に気づく。

レイヴンは『エルシド』のストーリー内で最終的に死亡するのだ。

何パターンか死に方があるんだけど、
破滅ルート１……世界の運命を懸《か》けた『魔王大戦』の最終局面で、主人公とのラストバトルの末に死亡。

破滅ルート２……『魔王大戦』の最中、領民の反乱に遭《あ》って死亡。

破滅ルート3……『魔王大戦』のために魔王を呼び出そうと企《たくら》むが、その魔王に殺される。

破滅ルート4……『魔王大戦』の最中、王国を乗っ取ろうと反乱を起こし、捕まって死罪。


主にこの四つであり、普通にゲームを進めていくと、だいたい破滅ルート1に行きつく。

もしこの世界が『エルシド』のシナリオ通りに進むとしたら、レイヴン＝俺は必ず死ぬ。

「問題は『エルシド』のシナリオとこの世界の歴史が同じかどうか、だよな……」

現在の俺は一四歳。

で、『エルシド』のストーリーが始まる時点でのレイヴンは確か一五歳……だったかな？

そうだ、主人公が入学する魔法学園の同級生として登場するんだ。

「どの破滅ルートでも卒業してから一年くらいで死ぬんだよな……」

つまり、俺はあと五年くらいしか生きられないじゃないか。

どうせなら主人公サイドのキャラに転生すればよかったのに、よりにもよって絶対死ぬキャラに生まれ変わるなんて。

「前世でも今世でも報《むく》われないのか、俺は」

こみ上げてきたのは落胆《らくたん》と失望だった。

「しょせん俺なんてこんなもんだ……」

頑張ったところで、他人より秀《ひい》でるものなんて何も持てなかった。

小学校から高校までずっとやってきたサッカーは、ずっと補欠止まりだった。高校からサッカーを始めて練習も適当にやってるような奴《やつ》が、どんどん上手《うま》くなって簡単にレギュラーになるのを、俺は横目で見ていた。

他人に対して常に優しく、真摯《しんし》に接してきたつもりだった。いかにも軽薄《けいはく》そうなチャラ男がとっかえひっかえ女と付き合っていくのを、俺は横目で見ていた。

就活で何十という会社に落ち、最後にようやく入った会社はブラック企業だった。ルックス爽《さわ》やかでコミュ力も抜群の同級生が、次から次へと内定を取っていくのを、俺は横目で見ていた。

頑張ったところで——何も手に入らない。

だって前世の俺は、何の才能もない凡人だったんだから。

『持たざる者』が努力したところで、結局何も得られないんだ。

そして今世、今度は『持ってる側』に生まれ変わった。

魔法の超天才にして貴族の家柄《いえがら》、おまけに容姿端麗《ようしたんれい》——あらゆるものを持っているレイヴン・ドラクセルという『生まれながらの勝ち組』に。

なのに……俺に待っているのは破滅の運命だけだ。

「なんで俺は……いつもいつも……報われない負け組人生の末に死んで、また生まれ変わったら死亡確定ルートで……」

自分自身への怒りに似た感情が湧《わ》いてくる。

「冗談じゃない。このまま死んでたまるか……！　俺は変えてやるからな！　俺の運命を！

「絶対に！」

俺は叫んだ。

魂からの叫びだった。


さて、と。

まだこの世界における俺が、ゲームのシナリオ通りの人生をたどるか分からない。

とりあえずゲームのシナリオ通りの人生になると仮定しよう。

そうなった場合、俺は自分の『死亡ルート』を回避しなければならない。

「どうすれば、そのルートを回避できるか、だよな……」

まず破滅ルート1の「世界の運命を懸けた『魔王大戦』の最終局面で、主人公とのラストバトルの末に死亡」について、だ。

これは主人公と戦わないことで死亡ルートを回避できる。

……と簡単にいけばいいんだけど。

主人公から戦いを挑まれた場合、避けられるんだろうか？

だいたいゲームのシナリオっぽい人生を歩むとしたら、いわゆる強制イベントに巻きこまれるかもしれない。自由な選択肢はなく、主人公と戦うしかない、っていう状況に追い込まれるかもしれないわけだ。

「だとすれば、俺が主人公より圧倒的に強くなれば、殺されずに済む……か？」

できるかどうか分からないけど、とりあえず次の死亡原因を考えてみよう。

破滅ルート2は「『魔王大戦』の最中、領民の反乱に遭って死亡」だ。

これも領民の反感を買わないよう、悪政《あくせい》を敷《し》かなければいい。

現在、領地を治めているのは父だけど、たぶん一、二年内に俺に領主の座を譲るだろう。

なぜならゲーム内のレイヴンは自分で領地を治めていたからだ。

父が何かの理由で死ぬのか、それとも単に引退するのか……その辺りは不明だが。

悪政を敷かない、っていうのは実現できる可能性が十分にあるな。

よしよし。

破滅ルート3は『「魔王大戦」のために魔王を呼び出そうと企むが、その魔王に殺される』だな。

……うん、魔王を呼び出そうとしなければいい。これも防げる。

最後の破滅ルート4は「『魔王大戦』の最中、王国を乗っ取ろうと反乱を起こし、捕まって死罪」である。

うん、反乱を起こさなければいい。これも防げるぞ。

となると――一番怪しいのは破滅ルート1だ。

このルートだと、俺は主人公とのバトルの末に死亡する。

二つ目から四つ目に比べ、やはり『主人公とのバトル』はそれだけ強制イベント感が強く、運命からは逃れられない可能性がある。

「じゃあ、主人公とはいずれ戦う……戦わざるを得ない、と考えた方がいいかもな」

そのうえで、どうすれば俺は生き残れるのか。

考え中。

考え中。

うーん……。

…………。

……。

「――って、答えは一つしかないよな」

俺の中で、その答えが固まっていく。

そう、俺がこれから目指すべき道は、

「主人公より強くなる。それも圧倒的に。絶対に負けないくらいに」

ゲーム内のレイヴンはまったく努力せずに最強レベルに上り詰めた天才だったけれど、俺は違う。

「俺は――『努力する天才』として最強を目指す！」

レイヴンは魔術師型のキャラクターだ。

生まれ持った圧倒的な魔力量ですべてを粉砕《ふんさい》するパワーキャラ。

けれど、主人公は剣と魔法のコンビネーション……つまりは『技』によってレイヴンのパワ

ーに対抗し、これを打ち破る。

俺が学ばなきゃいけないのは一にも二にも魔法技術だろう。

「魔法の技術って……どうやって鍛えればいいんだろう？」

身体能力を鍛えるなら筋トレとか走り込みとかだろうけど、魔法のトレーニングというのは具体的に何をやればいいのか分からない。

「どうかなさいましたか、レイヴン様？」

部屋に一人の少女が入ってきた。

メイド姿で、薄桃色の髪に青い瞳、ぴょこぴょこ動く狐耳《きつねみみ》が愛らしい。

獣人メイド──確かレイヴンの身の回りの世話から護衛までを務める超有能メイドの『キサラ・エリクシール』というキャラだ。

ゲームのビジュアルそのままに息を呑《の》むような美少女だった。

ちなみに可憐《かれん》な容姿とは裏腹に格闘能力が高い。獣人は、人間をはるかに超える運動能力を持っているからな。

「えっと、魔法の技術を鍛えたいんだけど──」

どう切り出せばいいだろうか、と考えながら、俺はキサラに言った。

「そうだ。魔法のことを教えてくれる人間っているかな？」

「レイヴン様専属の魔導師範なら先週辞めたばかりで、まだ代わりが決まっていないんです。申し訳ございません」

キサラが頭を下げた。

「辞めた？　どうして？」

「その……レイヴン様と、色々合わなかったとか、なんとか」

……ん？

「い、いえ、レイヴン様は何も悪くないんです！　パワハラとかそういうことは一切ありませんから！」

慌てたように言いつくろうキサラ。ゲーム同様に素直で嘘《うそ》がつけない性格のようだ。

「要は、俺が原因で辞めたんだな？」

「い、いえいえいえいえいえいえいえ！」

キサラが青ざめた顔で首を横に振った。

ぴょこん、ぴょこん、ぴょこここんっ。

狐耳が落ち着きなく揺れているのは、彼女の不安を表しているんだろうか。

「でも、そうとしか思えな――」

「とんでもございません！　レイヴン様の素行が理由では決してありませんので！」

すごい勢いで否定された。

けど、明らかにおびえてるよな、キサラ……。

実際、レイヴンの素行の悪さが原因で魔導師範とやらは退職したんだろう。

ゲーム内のレイヴンは傲岸不遜《ごうがんふそん》、自分勝手な俺様キャラ。周囲の人間をひたすら傷つけるだけのクズだからな……。

「……分かった。じゃあ魔法の教科書みたいなものはあるかな？　後任が決まるまで、とりあえず自分で学んでみたい」

「えええええええええええええええええっ⁉　レイヴン様が……自分で学んでみたい⁉」

いちいちリアクション大きいな、この娘《こ》。

＊

「ここが書庫になります。歴史書や文化、服飾、建築、絵画など各種が棚ごとに整理されてい て——魔法書は一番奥にあります。案内しますね」

と、キサラに先導され、俺は書庫内を歩く。

「この棚に入っているのは全部魔導書です」

「魔法の訓練方法が載っている書物があるといいんだけど……」

「訓練？」

「魔法の技術を鍛えたいんだ。教師がいないなら、とりあえず独学でやるしかないだろ」

「ええええええええええええええええええええええええっ⁉　レイヴン様が自分の力を鍛えたい⁉」

毎回驚きすぎだと思う。

「あの……俺ってそんなに努力しない人間なのか？」

「それはもう！」

キサラが身を乗り出して力説した。

「とにかく努力というものを一切しないですから！　超絶モノグサ！　怠《なま》け者！　傲岸不遜！　俺様気質！　素晴らしい素質があるのに、もったいない！」

「お、おう……」

なんか途中でものすごい悪口の連打になってなかったか？

「やっと、レイヴン様も次期当主としての自覚を持ってくださったのですね。お母上様はレイヴン様にやる気を出してもらおうと苦労なさっていたので……やっと報われます」

言いながら、キサラは手の甲で涙をぬぐう。

「お母上様のご心労が本当に不憫《ふびん》で……よかったです」

「そ、そうなんだ……」

俺、本当に周囲に迷惑をかけたり、心配させまくっていたのかな。

俺の意思で起きたことじゃないけど、それでも心は痛む。

よし、これからは俺が『レイヴン』なんだし、周りが苦しい思いをしないようにしないとな――。

「とにかく、頑張ってみるよ」

俺はキサラに選んでもらった魔導書を手に取った。

『初心者用・魔法訓練書。一日三〇分のトレーニングで目指せ魔法マスター！』

スポーツの入門書みたいなタイトルだな。


ゲーム内におけるレイヴン・ドラクセルは魔法の天才である。

それもそんじょそこらの才能じゃない。一〇〇年に一人現れるかどうか、という超天才。

生まれながらにして、その魔力量は並の魔術師の数十倍という規格外《きかくがい》だ。

ただし――努力を一切しない。

少なくともゲーム内のレイヴンは魔法に関しておよそ訓練というものをしたことがない。生まれ持った素質だけで魔法を使う。

そして、圧倒的に強い。

ただ、ゲームシナリオでは、結局『天才ゆえの脆《もろ》さ』を主人公に突かれ、敗北することになる。努力型の主人公が天才型の悪役レイヴンに勝利する、という王道ストーリーだ。

では、もしもレイヴンが努力をしたらどうなるか？

「決まってる……最強だ」

俺は魔導書を読みながら、魔法の訓練方法を学んでいた。

魔術師として強くなる方法としてはいくつかある。

まずはシンプルに魔力を増やすこと。

次に威力の強い呪文《じゅもん》を習得すること。

他にも魔法の発動スピードに直結する詠唱《えいしょう》速度を速めることなどもある。

レイヴンはすでに世界最強最大の魔力量の持ち主だし、他の部分を鍛えた方がいいだろう。

「新しい呪文の習得と詠唱速度の上昇……この二つか」

俺はあらためてレイヴンのステータスを見てみることにした。

魔術師のステータスを測る魔導器具はかなり高価らしいけど、大貴族であるドラクセル家には当然のように置いてある。それを使って計測したところ、こんなデータが出てきた。

＊＊＊

名前：レイヴン・ドラクセル
ＬＶ：１
魔力：極大級
呪文：ファイア、サンダー、シールド

＊＊＊

「使える呪文が下級の三つだけか……」

そう、レイヴンは下級呪文三つしか使えない。

だが、魔力量が桁違《けたちが》いすぎて、その三つだけで最強なのだ。

実際、他のキャラが使う最上級魔法より、レイヴンが使う下級呪文の方が威力はずっと上。

『今のは最上級ファイアではない、ただの下級ファイアだ』

というのが、ゲーム内でのレイヴンの決め台詞《ぜりふ》になっているほどだった。

「まずファイアの中級を覚えるか」

＊

俺は魔法の練習場にやってきた。

ここはレイヴンのために作られた専用の魔法練習場らしい。

形としては弓道の練習場に似ていて、室内から外に設置された的に向かって魔法を撃つような作りになっている。

室内外を含めた練習場全体に防御結界が何重にも張られていて、強力な魔法を使っても外への被害を防げるんだとか。努力を一切しないレイヴンは、当然ここを使ったこともない。

「さて、と。さっそく始めるか」

俺は魔法書をめくった。

魔法の呪文を発動するのに必要なのは、イメージと正確な詠唱の二つ。

イメージというのは『その魔法がどんなふうに発現《はつげん》するのか』を思い描く力だ。

ファイアを使うときなら、漠然《ばくぜん》と『火』を思い浮かべるよりも、燃え盛る『業火《ごうか》』なのか、ボール状に形成された『火球』なのか、あるいは『炎の渦《うず》』なのか、『火の矢』なのか――。

そういった具体性が伴うほど、より精密に、あるいは高威力の魔法が発現する。

そして、そのイメージづくりの補助となるのが詠唱だ。

「ええと、中級のファイアは『渦巻く炎』のイメージで生み出す……か。なるほど。詠唱は……ここに載ってるやつをそのまま唱えればいいんだな」

よし、試してみよう。

俺はまっすぐ右手を突き出した。

書かれている通り、『渦巻く炎』を思い浮かべる。

詠唱を棒読みで読み上げ、

「【ファイア・中級】！」

発動した。


ごおおおっ！


大爆発が起きた。

「え、えーっと……？」

いや、自分でも驚いた。

俺が放った中級火炎魔法は――。

魔法の練習場を跡形もなく吹っ飛ばしたのだ。

威力、強すぎないか……？

「レ、レイヴン様っ！　なんですか、今のは⁉」

キサラがすっ飛んできた。

「……って、ええええええええええええええええええっ⁉　魔法練習場がなくなってるーっ！」

「ご、ごめん、吹っ飛んじゃった……」

俺は彼女に謝った。

実際、これどうしたらいいかな？　さすがに怒られるだろうか。

「な、何か事故でもあったのですか⁉　レイヴン様、お怪我《けが》はありませんか⁉」

「俺は無事だ」

そういえば、これだけの爆発でよく助かったな、俺。

「よかったです……」

キサラがホッとした顔になる。

「レイヴン様は魔力が強いですし、それに応じて無意識にまとう防御結界も強力なはずですから。これくらいでは傷を負わないのだと思います」

と、俺の内心の疑問に答えるように説明するキサラ。

「なるほど……」

と、

「これはなんの騒ぎですか⁉」

さらに館から何人もの執事やメイドたちが走ってきた。

「騒がせてごめん。実は魔法の練習をしていたら、魔法の威力が強かったみたいで、練習場を丸ごと吹き飛ばしてしまったんだ」

「えええええええええええええええええええええっ⁉」

全員が驚きの声を上げる。

キサラだけじゃなくて、他の使用人もみんなリアクションでかいんだな……。

＊

「魔法の練習場を破壊した？」

「すみません、母上……」

練習場を壊してしまったことを、俺は母であるオリヴィエ・ドラクセル伯爵夫人に報告に行った。

ちなみに父は国の偉いさんで、ほとんどこの家には帰ってこない。

母はいわゆる後妻であり、レイヴンとの血のつながりはなかった。

本当の母はレイヴンを産むのと同時に亡くなっており、それも彼が悪役に落ちていく遠因になっている。

それはさておき、今は練習場の問題を解決しなければならない。

「つまり、あなたが魔法の練習をした、ということですね？」

「ええ、まあ……」

「素晴らしい！」

母は目をキラキラさせて叫んだ。

「怠け者のレイヴンさんがやっと目覚めてくれた！　あなたには天才的な魔法の才能があるのに全然練習しないのは、本当にもったいないと思っていたのですよ！　それが……ああ、早くあの人にも報告したい……！」

『あの人』というのは父のことだ。

しかし、こんなに喜んでくれるとは。

てっきり母は俺に興味がないものと思っていたが……。

「ただ……私が加減を誤り、練習場を壊してしまったのです。申し訳ありません、母上」

「問題ありませんわ！　練習場などいくらでも作り直せばよいのです！　そのためのお金なら、あの方は喜んで出すでしょう」

母が満面の笑顔で言った。

「新しい練習場ができるまで……どこか適当な場所で練習できるといいのですが」

「あ、それなら裏手の山や林の中でできると思います」

俺は母に言った。

「裏山の一画を私の練習場として使用させていただいてもよろしいですか、母上」

「もちろんです！　存分に鍛えてくださいませ！」

母は目をキラキラさせている。

「では、そういうことで……」

俺は魔法の練習を続けたかったので退室することにした。

「レイヴンさん」

俺の背に母が声をかける。

「なんでしょう？」

振り返ると、母はニコニコ顔だ。

「頑張りなさい。期待していますよ。私も。そしてきっと、あの人も」

「精進いたします」

俺は一礼し、部屋を出た。

――期待していますよ、か。

俺はさっきの言葉を心の中で繰り返す。

そんなこと……前世では両親にさえ言われたことがなかったな。

俺は母の部屋から退室し、廊下を歩いていた。

ドラクセル家は大貴族だけあって使用人の数も多い。途中、何度かメイドとすれ違った。

面識はないけど、挨拶くらいはしておくべきだよな？

それとも貴族ってメイドに挨拶したりしないいんだろうか？

うーん……分からないけど、無視するのも気が引けるし、

「やあ」

軽く手を上げて声をかけてみた。

「ひ、ひいいいっ!?」

「あ、あのレイヴン様が私たちに挨拶を!?」

メイドたちは明らかにおびえた様子だった。

そこまで恐れなくても……と、俺はちょっと落ち込んでしまう。

うーん……レイヴンって本当に悪役なんだなぁ。

俺は以前のレイヴンとは別人だ、なんて言っても信じてもらえるかどうか……。

いや、そもそも俺が前世の記憶を保有していることや、前世の情報自体をここで明かしても
大丈夫なんだろうか？

『――言う必要はない。運命《シナリオ》の流れが崩れる可能性がある』

ふいに、どこからか声が響いた。

「えっ……？」

声の主は見当たらない。

ただ、今の声を聞いただけで全身の震えが止まらなくなっていた。それほどまでに、今の声には強烈な威圧感と存在感があった。

理屈じゃなく本能で、俺の中の何かが確信していた。

今の声は『絶対的な何か』——そう、神のような存在の声だ、と。

その神は俺に何を言いたかったんだろう？

たとえば……そう、前世のことを言ってはならない、というルールのようなものがあるのかもしれない。神によって定められたルールが。

とりあえず、前世のことは黙っていよう。

なら、前世のことは関係なく、俺自身の態度で使用人たちを安心させるしかない。

「えっと……色々あったと思うけど、俺は、その、生まれ変わった……んだ」

俺は彼女たちに微笑《ほほえ》みかけた。

「すぐには俺を信用できないと思う。だから、これからの俺を見ていてほしい。もう二度と、君たちにそんな顔をさせないよう努力する」

そう、見ていてほしい。

これからの俺は『悪役』じゃない。
まっとうに生きるんだから。

第二章　破滅ルートを打倒せよ

一週間が経《た》った。

練習場が元に戻るまで裏山で練習をしていたのだが、俺の魔法の威力だと裏山自体を吹っ飛ばしかねなかったため、結局実地《じっち》での練習をやめて座学《ざがく》を中心にしていた。

ゲームの魔法は基本的にコマンドを選択するだけなので、実際に魔法が発動する理屈とか、魔法を行使《こうし》する際のイメージトレーニングなんかは、この世界の魔法書を読んで、自分で学習するしかないのだ。

一週間、魔法書を片っ端から読み込んだおかげで、今までよりも魔法に関する知識が格段に増えていた。

そして今日、ようやく練習場の改修が終わり、俺はいよいよ実地での練習を再開することにした。

「レイヴン様、これから魔法の練習ですか?」

練習場に向かう俺に、キサラが声をかけてくる。

「ああ、母上が練習場を改修してくれて、前よりもかなり頑丈になったみたいなんだ」

「ではレイヴン様の強力な魔法にも耐えられそうですね」

「はは、今度は壊さないようにしないとな」

俺は苦笑した。

「母上、怒ってるかな」

「ふふ、オリヴィエ様はお喜びのようですよ」

キサラが微笑《ほほえ》む。

「喜ぶ？」

「今までは自分の才能に溺《おぼ》れ、努力というものをしてこなかったレイヴン様が、ようやく力を磨《みが》き始めた、と。きっと何か目指すものができたんだろう、って」

「目指すもの――」

「人が努力するということは、目標があるということですから。オリヴィエ様、嬉《うれ》しそうに話していらっしゃいましたよ」

「目標か、確かに」

俺の今の目標――。

それはもちろん『悪役』レイヴン・ドラクセルの運命を変え、破滅ルートを回避すること。

そのための一助として、俺は魔法の実力を磨いている。

運命《シナリオ》を変えるために、俺自身も変わっていかなきゃいけないんだ――。

俺は練習場で魔法の訓練を始めた。

「【ファイア・中級】！」

ごおおおおっ！

すさまじい勢いで炎があふれ出す。

俺が発動した火炎魔法は、習得済みの【ファイア・下級】よりも明らかに威力が強かった。

すさまじい熱量で練習場を覆《おお》う結界を燃やし尽くす。さらに結界を貫通し、外壁までも一瞬で吹き飛ばす。

「……って、ちょっとストップストップ～！」

俺は慌てた。

練習場は、完全に瓦礫《がれき》の山になっていた。

俺はとっさに【シールド】を張ったので生き埋めにならずに済んだ。

俺――レイヴン・ドラクセルの魔力は強大だ。

あまりにも強大すぎる。

一週間前にもその強大すぎる魔力によって、練習場を破壊してしまい、母上に頼んで――まあ快諾《かいだく》してくれたけど――新たな練習場を作ってもらったばかりだ。

そして今、新たな練習場も破壊してしまったわけだ。

「強すぎてコントロールが難しいんだよな、俺の魔力って……」

俺はため息をついた。

強すぎるゆえの悩み――。

実際、新たな魔法を習得することは難しくなかった。

その習得した魔法を適切な威力にコントロールすることの方が一〇〇倍難しい。

「どうすれば、上手《うま》く魔法の威力をコントロールできるんだろ……はあ」

また練習場を壊してしまったことで、俺は凹《へこ》んでいた。

以前のように、また母が練習場を作ってくれるそうだが――今のままだと、また三度、四度と同じことが起きかねない。

「とにかく母上に報告に行くか……」

俺はトボトボと屋敷に向かって歩き始めた。

「新型の練習場も一撃で吹き飛ばしてしまうとは。それだけあなた様の魔法が優れている証《あかし》ですね、レイヴン様」

「いや、いくら威力が強くてもコントロールが利かないと意味がな……」

言いかけたところで、俺はハッとなった。

「――誰だ」

今のは聞き覚えのない声だった。

屋敷の使用人じゃない。もちろん家族でもない。

「警戒なさらないでください。私たちは――同志ですよ」

声がしたのは、前方だった。

「同志だと？」

俺の足元から伸びる影――その先端部から何かがせり上がっていく。

「影の中に潜む魔法……!?」

驚く俺の前で、そいつは実体化した。

「私はラングと申す者。お初にお目にかかります、レイヴン・ドラクセル様」

年齢は二〇代半《なか》ばだろうか、黒髪に黒い瞳、黒いローブ……と黒ずくめの美しい青年だ。

「何者だ。どこから屋敷に入った」

屋敷内には警備の目があるし、侵入者用の対魔法装置がいくつも仕掛けられている。誰の目にも触れずに入ってくるのは容易《ようい》ではないはずだ。

「確かにドラクセル家の魔導警備システムは素晴らしい……ですが我ら【夜天《やてん》の棺《ひつぎ》】にとって、それを突破するのは造作《ぞうさ》もないこと」

男は不気味に微笑んでいた。

「【夜天の棺】……!?」

俺はハッとなった。

それはゲーム内に登場する魔術結社の名前だ。

彼らは魔王を信奉《しんぽう》する組織で、本編の【第二部・魔王大戦編】で暗躍《あんやく》する。

レイヴンの破滅ルートの一つは、彼らに協力して魔王と手を組み、世界征服戦争を仕掛けるところから始まる。

魔王軍とともにレイヴンや【夜天の棺】の幹部たちが主人公の前に立ちはだかる……というルートである。

レイヴンは最終決戦で主人公マルスに敗れ、さらに【夜天の棺】に裏切られて捨《す》て駒《ごま》にされ、王国軍によって殺される。

うん、ロクな死に方じゃないな。

とにかく、絶対にかかわってはいけない連中だ。

「私がここに来たのはレイヴン様に」

「帰れ」

「早っ⁉」

即答した俺に、ラングは驚いたように叫んだ。

「俺を仲間に引き入れ、魔王と手を組んで世界征服戦争を起こしたいんだろうけど絶対にお断りだ」

俺は一口で言いきった。

「……なるほど、私たちの目的をすべてお見通しとは。さすがはレイヴン様」

ラングは一瞬ひるんだ様子を見せたものの、すぐに微笑を浮かべた。

「だからこそ、私たちはぜひあなたに同志になっていただきたい。その強大な魔力、その聡明《そうめい》な頭脳――あなたこそ我らの中心になるのにふさわしい逸材《いつざい》――」

「帰れと言ったろ」

俺はラングに向かって右手を突き出した。

ヴ……ンッ！

手のひらに赤い魔力光が宿る。

「俺の魔法はコントロールが甘い。いちおう手加減はするけど、できれば撃たせないでくれ」

この一週間の座学で魔法への理解を深めたとはいえ、まだまだ付け焼き刃だ。魔法攻撃をした場合、コントロールしきれずに想定以上の威力になってしまうかもしれない。

「屋敷ごとお前を吹き飛ばしかねないからな」

「っ……！」

さすがにラングも青ざめた。

ばしゅっ。

一瞬で影の中に引っこむラング。

「……か、影の中にいると無敵状態なので撃っても無駄です」

声が震えているところを見ると、けっこうビビっているらしい。

「へえ、便利だな、その魔法」

俺も覚えたいくらいだ。

「無敵ってことは、たとえば俺が最上級魔法を撃っても、お前はノーダメージってことか？」

好奇心が湧《わ》き、俺は右手に込めた魔力をさらに強めた。

「うわわわわわっ!?　嘘《うそ》です！　ちょっと盛りました！」

とたんに影の中から慌てた様子のラングの声が聞こえた。

「無敵状態は言いすぎで、中級魔法までなら防げるという感じです！　それもあんまり魔力が強い相手だとこっちの『影防御』を貫通されるかも……」

「全然無敵じゃないだろ、それ」

「ちょっとハッタリ利かせたかったんです……俺たちの業界、そういうのが大事なんで……」

と、ラング。

「……ま、いいけど」

俺はため息をつき、

「俺の返事はさっきの通りだ。帰れ。お前たちの仲間にはならない」

「……私たちは諦めませんよ、レイヴン様」

影の中からラングが言った。

「あなたはいずれ世界の王となるお方。勇者だろうと聖女だろうと討ち果たし、悪の中の悪となり、世界を支配する――」

言うなり、ラングの気配が影の中から消えた。

「いずれ、また来ます……近いうちに」

彼の残した声が幾重《いくえ》にも反響していた。

「悪の中の悪……」

さっきのラングの言葉を繰り返す俺。

「そうならないために、俺は進んでいくんだ」

だから【夜天の棺】との間にできたフラグも、必ず折ってみせる。

＊

ラングとの勧誘から三日後、俺は自室でくつろいでた。

対面ではキサラが紅茶を淹《い》れてくれている。

前世では紅茶を日常的に飲む習慣はなかったんだけど、彼女が淹れてくれる紅茶はすごく美《お》味《い》しいので、ここ最近は毎日飲んでいた。

「魔力のコントロール……みんな最初は苦労するんですよね」

キサラが言った。

「そうなのか？」

「それはもう……魔法の素質者の大半はそこでつまずくそうですよ」

と、キサラ。

「なるほど……じゃあ、俺の悩みも『魔術師あるある』ってことか」

というか、これってつまり初心者の悩みってことだよな？

まあレイヴンはまったく努力をしてこなかったんだから、魔力は最強でも、魔法使いとしては初心者みたいなものか。

「早く中級者や上級者になりたい……」

「なれますよ、レイヴン様なら。すぐに」

にっこりとした顔で俺を励ましてくれるキサラ。

「優しいなぁ、キサラは」

俺はほっこりした。

「君が側にいてくれてよかった」

「えっ……えええええ……っ⁉」

キサラは驚いたように目を丸くした。

「……レイヴン様にそのような言葉をかけていただけるとは思いませんでした。私のようなただのメイドに……」

「『ただのメイド』じゃないだろ。キサラは昔から俺の世話をずっとしてくれているし、一番側にいてくれたじゃないか」

俺自身の『認識』では、まだ一週間程度の付き合いだ。それでもゲームの設定や断片的に思い出しつつある『本来のレイヴン』の記憶から、俺がキサラとどうやって過ごしてきたのかは分かる。

どの使用人よりも、そして両親よりも――キサラと一緒に過ごした時間が一番長いんだ。

「『ただのメイドじゃない』……ですか」

ふいにキサラがうつむいた。

「あの……レイヴン様、一つお聞きしてもよろしいですか」

なぜか暗い顔だ。

「なんだ？」

言いつつ、俺は身構えてしまう。

きっとキサラが今から言うことは深刻な内容で、しかも……たぶん愉快《ゆかい》な内容じゃない。

そう予感したから。

「昔、レイヴン様に言われたことが、未《いま》だに忘れられないんです。あなたは覚えていらっしゃらないかもしれませんが……」

キサラが顔を上げ、俺を見つめた。

「あのとき、レイヴン様は私におっしゃいました。『お前はただの道具だ。分をわきまえろ』と……今こうしてお話しすることは、レイヴン様にとってご不快ではありませんか？」

「道具……？」

レイヴンはそんなひどいことを言ったのか。

「俺は――」

それを言ったのは俺じゃない。

けれど、実際にキサラにそれを告げたとして、彼女はどう思うだろう？

キサラにとっては俺と『本来のレイヴン』の区別はつかないだろう。『あれは俺じゃない』なんて言ったら、見苦しい言い訳だと思われるはずだ。

だけど……キサラに対するその言葉が、俺の本意だと思われたくない。

どうしよう。

どう伝えれば、俺の気持ちを分かってもらえるだろうか。

「レイヴン様……？」

キサラの瞳は濡《ぬ》れていて、揺れている。

不安や悲しみが浮かんだ瞳。

それを起こさせたのは、過去のレイヴンの言葉なんだ。

「不快じゃないよ」

俺は微笑み交じりに言った。

「キサラと一緒にいるのは楽しい」

そうだ、俺がするべきことは過去に対する誤解を解くことよりも何よりも、まずキサラの心を安らげること。

彼女が抱いている不安や悲しみを、少しでも和らげることだ。

「――ふん、随分とその女を大事にしてるようだな」

「えっ……？」

油断――だった。

キサラの話で動揺していた影響はあったと思う。

俺は、そいつの侵入に気づくのに一瞬遅れてしまった。

そして、その一瞬が大きな隙を作ることになってしまった。

「【テンタクルバインド】！」

「きゃあっ⁉」

突然、キサラの体に黒い触手が何本も巻き付く。

「へへへ、上玉じゃねぇか」

とらわれたキサラの足元の影から、人影が出現した。

「ラング……！」

そう、その男は先日俺をスカウトに来た【夜天の棺】のメンバー、ラングだった。

さらに家具などの影からせり上がるようにして十数人の人影が現れる。いずれも【夜天の棺】のメンバーだろうか。

「【影移動】――俺の得意魔法だ」

ラングが勝ち誇った。

前回の丁寧な口調とは打って変わり、傲慢《ごうまん》さを感じさせる口調だった。きっとこっちがラングの素なんだろう。

「お前の大事な女はもらっていく。無事に返してほしいなら――俺たちの仲間になることだ」

「ま、待て――」

「考える時間をやろう。一日だ。明日の同じ時刻に、俺はもう一度お前の元にやってくるぞ」

言うなり、ラングはキサラごと影の中に消える。

キサラが、連れ去られる――！

「させるかぁっ！」

俺は叫びながら影に向かっていった。

影の中は相手のフィールドだ。危険があるのは分かっている。

けれど、このままキサラを放《ほう》っておくことなんて、できるわけがない。

「キサラは――俺が守る！」

影の中に飛び込む。

ずずず……っ！

ラングたちと同じように影の中に入ることができるのかどうか、自信はなかったけど――どうやら侵入できたようだ。

「やつらはどこだ――」

俺は周囲を見回す。

一面真っ暗な世界で、地形も何も分からない。

うかつに動けば、致命的な罠《わな》があるかもしれないし、崖のような場所から落下することもあり得る。

身動きが取れないまま、時間だけが過ぎていく。

早くキサラを助けなければ、という焦りだけが募っていく。

『――こっちだ』

ふいに、頭の中で声が聞こえた。

どこかで聞き覚えのある声だ。

『この先に進め』

声が続ける。

「誰なんだ、お前は……？」

『安心しろ。味方だ』

声は優しげだった。

だからといって信用するわけじゃないけど、なんとなくこいつの言っていることは正しい気がしていた。

単なるカン――でも他に拠《よ》り所《どころ》がない今は、それを根拠《こんきょ》に動いてもいいだろう。

俺は言われた通りの方向に進んでいく。

すると。

「ラングの魔力だ……！」

やはり、この先にラングとキサラがいるのか。

俺はさらに進む。

前方から光が差し込んできて、そして――。

「な、何……⁉」

一〇メートルほど前方で、ラングが驚いた顔をしていた。彼の周囲にいる十数人のメンバーたちも同じく驚いている。

どうやら影の中を移動しているうちに屋敷の外に出たらしく、ここは路地裏のような場所らしかった。

「俺の『影』を突破してきたというのか……⁉」

「キサラを返してもらうぞ」

「ふん、女一人に執着《しゅうちゃく》しているようでは、まだまだだな」

ラングがせせら笑った。

「お前の地位と権力、そして実力――それらがあれば、女など選び放題だろう。この狐娘《きつねむすめ》が死んだところで、代わりはいくらでも手に入るはずだ」

「……何が言いたい」

俺はラングをにらんだ。

「俺がキサラを追いかけてきたのが気に食わないみたいだな」

「当然だ。お前は俺たちの同志――いや、いずれは主《あるじ》にと目《もく》する人材。そんな有望な男が、女一人に執着して自分の身を危険に晒《さら》しているようじゃ話にならないんだよ！」

ラングの声には強い怒りがにじんでいた。

「甘い感情を捨てろ、レイヴン。お前は真の『悪』になれ」

「悪……」

ゲームのレイヴンは確かに悪役だけど、俺はそんな役回りを演じる気はない。

「俺は俺だ。悪役なんかじゃない」

ラングをまっすぐに見つめる。

「俺自身と、俺が大切に思う人たちと一緒に、幸せになるために生きる。だからお前たちの仲間にはならない」

「甘いって言ってんだよ！　お前ほどの力を持つ男がぁっ！」

ラングの足元の影が変形した。

「お前の大事な女から殺してやるぜぇっ！　【シャドウブレード】！」

剣のような形になり、キサラに向かっていく。

こいつ、影で攻撃することもできるのか⁉

「くっ──【シールド】！」

俺はとっさに彼女に防御魔法をかける。

「──なんてな」

ラングがニヤリと笑った。

キサラに向かっていた『影の剣』はその軌道を変え、今度は俺に向かってくる。彼女を狙おうとする動きは、どうやらフェイントだったらしい。

魔法を発動した直後の俺は、次の魔法を使うまでに一瞬のタイムラグがあった。

……まあ、俺の場合は全身にまとう魔力が【シールド】と似たような効果を発揮してくれるし、斬られたところで大したダメージはないだろう。

ざんっ！

俺は胸元を『影の剣』で斬られた。

予想通り、ほぼノーダメージだ――。

「えっ……⁉」

俺の胸元に紫色に輝く紋章が浮かんでいる。

今の攻撃でつけられたらしい。

同時に空中から黒い鎖のようなものが現れ、俺の全身を縛りつけた。

「ぐっ……⁉」

力が、抜けていく。

いや、抜け落ちていくのは『魔力』だ。

俺の全身を駆け巡っていた魔力が消失していくのを感じる――。

「ははは、お前にダメージは与えられなくても、『呪《のろ》い』を与えることはできたようだ」

「呪い……だと？」

「我ら【夜天の棺】が開発した特製の呪詛《じゅそ》――【魔法封じ】さ」

ラングが勝ち誇るように言った。

「こんなフェイントに引っかかるとは、まだまだ甘いな」

「引っかかったんじゃない」

俺は首を横に振った。

「何？」

「フェイントかもしれない、とは思っていた。でも、俺にはそうするしかなかった」

キサラをチラリと見つめる。

「もし引っかけじゃなく、本当に彼女を攻撃したら……キサラは死んでしまうかもしれないだろ。その可能性がある限り、俺の行動は一択だ。キサラを、守る――」

「レイヴン様……」

キサラが涙ぐんで俺の方を見ている。

「自分を犠牲にして、私を……!?」

「うるわしい愛情か？　だが魔法を封じられては、その女を守ることもできまい？」

ラングの足元の影が盛り上がり、剣の形になってその手に握られた。

ぶんっ！

振り下ろされた剣が衝撃波を発生させ、俺の頬《ほお》を浅く切り裂いた。

さっきまで俺の全身を覆い、守ってくれていた魔力の障壁《しょうへき》が完全に消失している――。

「今度はダメージを与えられるようだ。さあ、どうする？　魔法を使えないお前なんて、ただのガキにすぎぎん」

ラングがふたたび剣を振りかぶった。

「みじめに這《は》いつくばって命乞いでもしてみろ！　それならお前だけは許してやってもいいぞ。状況判断は甘いが、お前の魔法能力自体は素晴らしいからな。俺たち【夜天の棺】がきっちり教育して、お前を最強の幹部に育ててやろう。まあ、そっちの女は――」

ちろり、と舌なめずりをするラング。

「たっぷり楽しませてもらった後、適当に殺すか」

「っ……！」

キサラがおびえたように体をびくっと震わせる。

俺はそんな彼女に『心配するな』と言うようにうなずき、

「キサラに指一本でも触れたら、許さない」

「ほう？　許さないなら、どうするってんだ？　もう一度言うが、今のお前は魔法を使えないんだぜ？　無力なガキなんだよ、くははははは！」

ラングは完全に自分たちの優位を確信しているようだ。

だけど、違う――。

俺の魔力を全開にすれば、この【魔法封じ】を破ることは可能だ。

もともとこいつはゲーム内に出てくる術式で、ある程度以上のレベルの魔術師には通用しないからな。

ただ、【魔法封じ】を破るためには、かなり強力な破壊魔法を使うしかなさそうだ。その威力の魔法を使うと、キサラも巻きこみかねないし、下手をすれば殺しかねない。

しかし使わなければ勝てない――。


『何を躊躇《ちゅうちょ》している？　その女ごと全員殺せばよかろう』


突然、頭の中に声が聞こえた。

さっき影の中で聞いた声だった。

『キサラごと冷酷に殺すことでお前は闇に堕《お》ちる……真の「悪役」になれ――』

「そうか、この声は――」

俺はようやく思い出した。一〇日前、使用人たちに前世のことを説明しようとした際、聞こえてきた声だ。

『まだ死にたくはないだろう？　せっかく生まれ変わったのだ。しかも常人を超える能力、才能、家柄《いえがら》、容姿――お前は生きてさえいれば「勝利者」としての人生を歩み続ける……だが、ここで迷えば、そんな素晴らしい人生はすべて消え失せ、死ぬ』

「俺は、死ぬ……」

うつむき、つぶやく俺。

胸の中に死の恐怖が広がっていくのを感じた。

じわじわと、黒い感情が心を侵食していく――。

『もう一度言おう。まだ死にたくはないだろう？』

声が、ささやく。

『あんな女など代わりはいくらでもいる。サブキャラという名の、ただの道具にすぎん』

「道具……」

『キサラを殺しても、我がすぐに代わりの者を用意してやろう。不要な道具は使いつぶすがいい』

声が促す。

俺の、人間としての弱い部分をくすぐるように。

『お前の取るべき手段は一つだ。キサラごと奴《やつ》らを殺せ』

「確かに――俺は死にたくない。誰だって死にたくはない」

当たり前だ。

だけど――

「――だけど、そんな生き方をするくらいなら、死んだ方がマシだ！」

俺は叫んで、顔を上げた。

もう迷わない。

「だってキサラは」

最初から――迷う理由なんてない。

「キサラは道具なんかじゃない！　俺の大切な――家族だ！」

ばきん……！

俺の体中を縛る鎖がすべて、いっせいに壊れ落ちた。

「馬鹿な⁉　並の魔術師一〇〇人分を封じる呪具《じゅぐ》だぞ！」

ラングが愕然《がくぜん》とした様子で叫んだ。

「キサラを離せ」

「え、ええい、俺たち【夜天の棺】を舐《な》めるなよ！　全員で撃てぇ！」

ラングが叫んだ。

「お、おい、一斉攻撃なんてしたら、さすがにあいつ死んじまうぞ？」

「せっかくの逸材を殺すのは、さすがに――」

「うるせぇ！」

戸惑う仲間たちにラングが怒鳴った。

「俺たちはコケにされてるんだ！　【夜天の棺】の面子《メンツ》を守るためにも、奴は殺す！　おら、撃て！」

言いつつ、ラング自らも魔力弾を放つ。

「分かった！」

「死ねよ！」

他のメンバーも次々に魔力弾を撃ってくる。

「俺を殺すなら――」

ごうっ！

俺は魔力を強めた。

「その一〇〇〇倍の数の魔力弾を撃ってこい」

魔力弾の魔法――【魔弾】を放つ。

ラングたちが放った【魔弾】の数百倍、いや数千倍以上の大きさの【魔弾】だ。

「な、なんだとぉぉぉぉぉぉぉっ⁉」

驚愕《きょうがく》の悲鳴を飲みこみ、俺の【魔弾】は奴らをまとめて吹っ飛ばした。

「おっと、【シールド】！」

その威力が完全に炸裂《さくれつ》する前に、ラングたちと周囲の外壁をそれぞれ【シールド】で覆う。

とっさの考えだったけど、俺の【シールド】は狙い通りに発動し、【魔弾】の威力を抑え込んだ。

「ふう、これを応用すれば、今後は練習場を壊さずにすむな」

俺は苦笑交じりにつぶやいた。


――だが、そのまま俺の優勢とはいかなかった。

「……！」

急に全身の力が抜けていく。

魔力を全開にした反動か⁉

いくら超天才のレイヴン・ドラクセルといっても、フルパワーになると体の方がついていかないのか……⁉

「……まだまだ修行が足りない、ってことか」

努力を始めて、たかが一〇日だもんな。

「レイヴン様……」

キサラが俺を見ている。

何か目配せをしている――。

俺はハッとなり、その意図を汲《く》み取《と》った。

「君を助けて屋敷に戻ったら……もっともっと魔法の訓練をするよ」

「ふん。お前が屋敷に戻ることなどない！　そしてこの女を助けることもな！」

爆炎の向こうから声が響く。

「ラング……⁉　それに他の連中も――」

【夜天の棺】全員が立っている。

殺さない程度のダメージを与えて戦闘不能になるように、奴らを【シールド】で守ったつもりが、思ったほどのダメージを与えられていなかったみたいだ。

この辺りは調整が難しい……。

というか、完全に裏目に出た。

さっき【魔法封じ】を破るために魔力を全開にして、さらに攻撃しつつ、相手や建物を【シールド】で守る……とかなり複雑な魔法の使い方をしたせいで、消耗が激しい。

これ以上の魔法戦闘は、たぶん無理だろう。

「ははは！　俺たちを守るために消耗するとは馬鹿な奴だ！　見た感じだと、それ以上魔法は使えないんじゃないのか？　ええ？」

ラングが嘲笑《ちょうしょう》する。

「さあ、今度こそ終わりだ。全員でレイヴンを撃ち殺すぞ！」

と周囲の仲間たちに号令する。

その、瞬間――。

「おおおおおおおおおおっ……！」

俺は床を蹴り、突進した。

「なんだ⁉　それだけ消耗した状態で、まだ使える魔法があるのか……⁉」

訝《いぶか》るラングに向かって、俺はさらに加速する。

「――魔法は、もう使えない。だがな」

俺が持つ攻撃手段は魔法だけじゃない。

「……おおおおっ！」

俺は腰から抜いた小剣を思いっきり突き出した。

「捨て身の――斬撃⁉」

俺が剣を使うとは思っていなかったんだろう、ラングの反応が一瞬遅れる。

「……ちいっ」

迎撃《げいげき》を諦め、キサラを俺に向かって突き飛ばすラング。

「キサラ！」

俺は彼女を抱きとめた。

「剣で俺たちに勝てると思っているのか！　おらっ、二人そろって死ねよ！」

ラングが右手を突き出した。

ヴ……ン！

その手に魔力の輝きが宿る。【魔弾】を放つ体勢だ。

「いいえ」

キサラが俺から離れ、身構えた。拳法のような構え方だ。

「先に行っておきますけど——私、強いですよ？」

「——⁉」

次の瞬間。

彼女の姿が、消えた。

「がはっ！」

「ぐあっ！」

一瞬のうちに二人が倒れる。

「ば、馬鹿な！　動きがまるで見えな——があっ⁉」

さらに一人。

彼らが視認すらできないほどのスピードで駆け抜けたキサラが、拳と蹴りで三人を打ち倒したのだ。

人間の限界をはるかに超えた速度、そして格闘能力。

それは獣人であるキサラだからこそ可能な動きだった。

獣人族が超格闘能力を持っていることを、俺はゲームでよく知っている。その知識があったから、この作戦を取ったのだ。

「お、おのれ……っ！」

ラングと数人の仲間たちが【魔弾】を放つが、キサラは高速で回避し、さらに二人を打ち倒した。

「だ、ダメだ、速すぎて当たらな――がはっ！」

あっという間にメンバーたちの残る全員を倒し、後はラングだけだ。

「ううう……」

真っ青な顔で後ずさるラング。

「キサラを取り戻した時点で、こっちの勝ちなんだ。ラング」

俺は彼に言い放った。

「最初にあなたたちに拘束《こうそく》されたのは不意を突かれたから……私の油断です。だけど、こうして正面から向き合えば、私は負けません」

キサラが凛《りん》とした顔で言い放った。

「レイヴン様を苦しめたあなたたちを、私は許さない」

どんっ！

ふたたび床を蹴り、キサラが駆ける。

速すぎて、俺の目には何も見えない。

一瞬の後、ラングはキサラの蹴りを食らい、吹き飛ばされていた。


「あのとき……レイヴン様は私を道具だとおっしゃいました」

キサラが俺を見つめる。

「けれど今、あなたは私のことを大切な家族だと——道具じゃない、と」

その瞳に宿る光は柔らかで、優しげだった。

それでも、彼女が当時傷ついたことは事実だろう。

「一度言った言葉は消えない。過去の俺が言った言葉も。君を貶《おと し》めた過去も……」

俺はキサラを見つめ返した。

「すまなかった」

深々と頭を下げる。

もちろん、過去の発言は俺ではなく『本来のレイヴン』が言ったものだ。

けれど、キサラにとって俺と『本来のレイヴン』の区別なんてつかない。

だから、過去の言葉も俺が背負うんだ。

「私は、今のあなたの言葉を信じます、レイヴン様」

キサラが微笑む。

「ありがとうございます。もし許されるなら、これからも……家族として」

「ああ、もちろんだ」

俺は力強くうなずいた。

「一緒に帰ろう。俺たちの家に」


——この後、俺とキサラはラングを含む【夜天の棺】の主要メンバーを全員拘束《こうそく》し、王国に引き渡した。

これにより【夜天の棺】は完全に壊滅した。

当然、再起不能だ。

俺にとっての破滅ルートの一つ、【夜天の棺】と協力して魔王と手を組んで人間界に征服戦争を起こすことはなくなった。

＊

「ああ、レイヴン様——」

キサラは一糸《いっし》まとわぬ姿で湯浴みをしていた。

体が火照《ほて》っているのは、湯のせいだけではない。

あのとき、体を張って自分を守ってくれたレイヴンのことを思うと、体の内側から熱が広がっていく。

甘く、それでいて激しい熱情が。

「道具じゃない、か……」

かつてレイヴンに『お前はただの道具だ』と言われたとき、実のところショックはなかった。

使用人としての立場は分かっていたし、そもそも奴隷として売られてきた身だ。

自分はドラクセル家の『所持品』に過ぎないのだ、と認識していた。

それにレイヴンのことも冷徹で傲慢で、とても好きになれるような人間ではなかった。

だから、そんな人間に道具として認識されようと、どうでもよかったのだ。

だが――今は違う。

キサラのことを大切な家族だと言ってくれたのは、決して嘘ではないと信じられる。

実際、最近のレイヴンは本当に人が変わったようだ。

ひたむきで、懸命で、そして誰に対しても分け隔てなく優しい。

彼の変貌《へんぼう》の理由は分からない。

ただ――キサラがかつての彼の言葉についてて真意をたずねたとき、レイヴンは明らかに悲しそうな顔になった。

まるで罪悪感を覚えているような顔だった。

後悔しているということだろうか。

そして、それを償おうとでもするかのように、レイヴンはキサラを守ってくれた。

「あのときのレイヴン様はもういない――」

キサラは微笑む。

あるいは、最初からいなかったのだろうか？

最初から――今の優しいレイヴンが本物で、使用人を道具扱いする酷薄《こくはく》なレイヴンなどいなかった。

「やっぱり……謎ね」

キサラがつぶやく。

そう、レイヴンの内面には謎が多すぎる。

彼をもっと知りたい。

キサラにとってレイヴンは以前とは比べ物にならないほど大きな存在になっていた。

第三章　加速する才能

一カ月が経《た》った。

「いくぞ、【ファイア・最上級】！」

俺が放った魔法が練習場の内部を吹き荒れた。

特注の――通常の二〇倍の強度の防御結界で守られていなければ、また一カ月前みたいに練習場ごと吹っ飛ばしていただろう。

この特注の防御結界は、吹き飛んだ練習場を再建した際、俺が頼んで設定してもらったものだ。

まあ、普通の防御結界を張っても、俺が一発で吹き飛ばしちゃいそうだったからな。

さすがに二〇倍の強度の防御結界はそう簡単に壊れることはなく、以降は俺も練習場を吹っ飛ばすかも、という心配なしに魔法の練習に励《はげ》むことができた。

そして――。

俺は一カ月で、あっという間に最上級魔法まで習得してしまった。

さすがは天才レイヴンだ。

本来、最上級魔法まで習得できるのは、ごく一部の才能ある魔術師だけ。

しかも、それらの魔術師でも一〇年、二〇年と修行しなければ習得できないのが普通らしい。

それを俺は一カ月で――。

「いや、一〇〇年に一人の天才っていう評判は伊達《だて》じゃないな……」

天才に生まれてよかった。

しみじみと実感する。

これでゲーム内のレイヴンに比べて攻撃力は格段に上がったし、さらに防御魔法であるシールドの方も、もちろん最上級魔法まで習得済みだから防御力に関しても桁違《けたちが》いに上がっている。

もちろん、それ以外の魔法も一通り覚えていた。

さらに、当初は魔力を全開で使うと、すぐにバテてしまうという弱点があったんだけど、それもしばらく訓練しているうちに自然と克服してしまっていた。

「よし、俺は以前よりはるかに強くなった――」

「えっ、えええええええええええっ⁉　今のって、もしかして最上級魔法じゃないんですか⁉　たった一カ月で習得したんですか⁉」

キサラがやってきて、驚きの叫び声を上げた。

あいかわらずリアクションが大きいな、キサラは。

「何度か詠唱《えいしょう》しているうちに、なんとなくコツをつかんで会得《えとく》した」

「な、なんとなく……ですか。本当に超天才ですね……」

「感覚を忘れないうちに、もうちょっと続けたいんだ。小休止を入れた後、また練習するよ」

「精が出ますね。レイヴン様がこんなに努力家になるなんて……」

キサラはウルウルした目で俺を見つめている。

「キサラ、感激です」

母上といい、キサラといい、みんな俺が努力することを心から喜んでいる感じだ。

『レイヴン様が真面目《まじめ》になった！』

『やっと更生されたのね』

『あの怠《なま》け者《もの》がよくぞ……』

なんていう使用人たちのヒソヒソ話を、俺は何度も耳にしている。

まあ、俺の意識が目覚めるまでの『レイヴン』はロクでもない人間として過ごしてきたから、そのギャップが大きいんだろう。

まあ、みんな俺にどんどん好意的になっていくし、悪いことじゃない。

このまま『悪役』ではなく真人間として生きていきたいもんだ。

＊

「へえ、あのレイヴンが性根《しょうね》を入れ替えるなんてね」

その日、俺の元に来客があった。

きらびやかなドレス姿に、背中まで伸びた長い金色の髪と、青い宝玉を思わせる綺麗《きれい》な瞳をした美しい少女だった。

勝ち気そうな雰囲気《ふんいき》の彼女はマチルダ・テオドール。

王国内で、俺の家——ドラクセル伯爵家と勢力を二分するテオドール伯爵家の令嬢だ。

そして、俺の婚約者でもある。

ただし、ゲーム内ではマチルダはレイヴンを嫌っており、最終的に主人公側に付くという役回りだった。

実際、マチルダは眉間《みけん》にシワを寄せて俺をにらんでいる。もともと俺との婚約に納得していないらしいので、それも無理はない。

「……ちょっと見直した」

ん？　マチルダとは何度か顔を合わせたことがある程度の仲だけど、今までと雰囲気が違うぞ。

「あたし、自分の才能にあぐらをかいて努力しない人間って大嫌いなの。だからあんたのことが嫌いだった。だけど……変わったんだね」

マチルダはそう言って微笑を浮かべた。

「ここ一カ月くらい、魔法の練習をずっとしているそうじゃない。あのレイヴンが努力を始めたなんてね。何があったの？」

「……別に。俺は、今のままじゃダメだと思っただけだ」

マチルダに答える俺。

うん、嘘《うそ》は言っていない。

俺は、自分が転生者であることを誰にも明かしていなかった。


『――言う必要はない。運命《シナリオ》の流れが崩れる可能性がある』


以前に【神】から受けた警告が気になっているからだ。仮に俺が前世のことを誰かに明かしたとして、具体的に何が起こるかは分からない。

ただ、なんらかの罰《ペナルティ》が待っている可能性は十分あると思う。

だから、うかつなことはできないんだ。

「とにかく、俺は今よりも強くなりたい。せっかく魔法の才能を授かったんだ。なら、それを磨いてみたいと思っただけさ」

俺はマチルダに適当な答えを返しておいた。

「それに……来年には魔法学園に入学するしな。やっぱり入るからには一番になってみたいよ」

そう、現在の俺は一四歳で、来年になれば魔法学園に入学する。

ちなみにマチルダも俺と同じく魔法学園に入るはずだ。ゲーム内ではレイヴンとマチルダはクラスメイトだったからな。

で、同じ年に主人公も学園に入ってくる。

主人公——すなわち、俺を殺す存在との出会いまで、あと一年。

その間に俺は腕を磨けるだけ磨くんだ——！

「へえ、あんたってそういうタイプなんだ」

マチルダが俺を見つめた。

「あたしだって学園の一番を目指してるからね。キサラもそうじゃない？」

「わ、私は別に……」

彼女の問いにキサラは両手を振った。

「……ちょっと待て、キサラも魔法学園に入るのか？」

俺は驚いてキサラを見つめた。

「君に魔法の才能なんてあったのか……？」

「え、ええ」

うなずくキサラに驚く俺。

ゲーム内でそんな情報は出てこなかったぞ……？　もしかして裏設定なんだろうか。

あるいは、この世界は『エルシド』そっくりに見えて、実際には細部が異なるという可能性もある。

「嘘、知らなかったの？　あんたって本当、他人に興味ないのねぇ」

マチルダが呆《あき》れたような顔をした。

「あたしはキサラに魔法学園入学のことを前から相談されてたから知ってたけど……」

「私、人と接するのが苦手で……大勢の生徒と一緒に魔法を学ぶのは尻込みしていたのですが……」

キサラが俺を見つめた。

「最近のレイヴン様の頑張りを見て、考えを変えました。これほど才能のある方がこれだけ頑張ってるんだから、私も挑戦してみたい、って」

「キサラ……」

驚く俺に彼女は力強くうなずき、

「あのとき、あなたは私を家族と仰《おつしや》いました」

キサラが家族――そう、あの【夜天の棺】との戦いの際の、俺の台詞《せりふ》だ。

「だから、もっと一緒にいたいんです。それに……私も自分の力を磨いて、もっともっとドラクセル家に貢献したいですし」

キサラが熱を込めて語る。

マチルダはそんな彼女を見て、優しげに微笑《ほほえ》んだ。

「ふふ、キサラも将来は魔術師を目指してるんだよね？　魔法関係の仕事をしたいんでしょ？　宮廷魔術師とかね」

「い、いえ、それはその……単なる夢というか」

「いいじゃない。学園に入ったら一緒に頑張りましょうよ」

「ありがとうございます、マチルダ様」

「マチルダでいいわよ」

一礼したキサラにマチルダが明るく笑う。

「そ、そんな滅相《めっそう》もない――」

「いずれ学友になるのよ？」

「恐れ多いので……」

キサラは固辞した。

「堅苦しいなぁ。でも、ま、そこがキサラのいいところかもね」

俺はそんな二人のやりとりを見ながら、一つのことを考えていた。

キサラが魔法学園に入る場合、俺の記憶にある『エルシド』のシナリオとは違ってくる。俺の行動によって、キサラの行動や未来が変わった、ってことだろうか。

だとしたら、それは大きな希望になる。

俺の行動次第で未来が――シナリオが変わるんだ。

なら、俺が死ぬ未来だって変わるかもしれない。

いや、絶対に変えてみせる。

「ところで、この近辺に最近魔族が出るって聞いたわよ。レイヴンも気をつけてね。もちろんキサラも」

マチルダがふいに話題を変えた。

「魔族？」

「バームゲイルっていう名前の高位魔族よ」

たずねた俺にマチルダが答える。

「いちおう人間界と魔界の停戦協定があるし、少なくとも中位以上の魔族が人間を襲うことはないでしょうけど、いちおう注意してね」

――どくん。

心臓の鼓動が早まった。

バームゲイルという魔族のことは、よく知っている。ゲーム内で重要な役割を果たすキャラクターだ。

主人公とこのバームゲイルとの激戦は第二部序盤のエピソードにある。

今までとは完全に別次元の強敵であるバームゲイルに追い詰められながらも、『魔族の脅威から人々を救う』という使命感によって新たな力に覚醒した主人公が、苦闘の末にバームゲイルを撃破する――いわゆる『覚醒イベント』であり、主人公のパワーアップイベントである。

「……待てよ。もしかしたら」

俺がバームゲイルを倒してしまえば――。

いくつかある主人公の覚醒イベントの一つがなくなる。

つまり主人公の弱体化につながるから、俺が殺される可能性も減るんじゃないか？

かつて、人間界と魔王軍の間には激しい戦いがあった。

数十年に及ぶ戦いは魔王大戦と呼ばれている。

その戦いの果てに当時の勇者が魔王や側近を討ち、人間と魔族の間に停戦協定が結ばれた。

以来、一〇〇年以上の間、人間と魔族の間には戦争が起きていない。

とはいえ、下級魔族が人間を襲う事例はいくらでもあるし、魔族全体が隙あらば人間界を手に入れようとしているのは確かだ。

というか、『エルシド』のゲームシナリオでも中盤以降は新生魔王軍と主人公たちとの戦いである。

「……どうかしたの、レイヴン？」

マチルダが眉をひそめた。

「難しい顔しちゃって」

「いや、魔族にはいちおう気を配っておくよ。停戦協定があるとはいえ、かつては人間と魔族は敵対してたわけだからな。マチルダも気をつけて」

「ん。あたしはもう家に戻るし、平気よ」

マチルダが言った。

「じゃあ、そろそろ行かなきゃね。キサラもまた会おうね」

「はい、ぜひ」

キサラが嬉《うれ》しそうに微笑む。

俺は二人を見ながら、頭の中でさっきの考えをふたたび検討していた。

俺が――バームゲイルを倒してしまえば。

いや、なんとしても倒すんだ。


マチルダが帰った後、俺は自室で考え込んでいた。

現状、人間界と魔界の間には停戦協定が結ばれている。

だから、表立って魔族を殺したら、人間界と魔界との外交問題になる。

単純にバームゲイルを討てばいいわけじゃない。殺害の証拠自体を残さないことが重要だった。

ちなみに、バームゲイルはゲーム内では多くの人間を虐殺《ぎゃくさつ》した極悪な奴《やつ》だから、遠慮なく討伐することができる。

……でも、今の時点でバームゲイルは何もしてないわけだよな？

「うーん……どうしたものか」

考えが揺らいでしまう。

いくら魔族とはいえ、いくら自分の未来を守るためとはいえ、罪もない存在を殺すことになってしまわないだろうか？

「レイヴン様、よろしいでしょうか？」

「いいぞ」

部屋がノックされ、キサラが入ってきた。

「どうした？」

「いえ、先ほどのレイヴン様、なんだか思い詰めていたような……」

キサラが俺を見つめる。

「心配になったので、つい」

「様子を見に来てくれたのか」

俺は苦笑した。

「大丈夫だよ、キサラ」

「……本当ですか？」

キサラはなおも俺を見つめている。

なんだか内心を見透かされている気がして、俺は視線を逸《そ》らしてしまった。

「ほら、今の……嘘をつくときのレイヴン様の癖です」

「えっ」

「こちらからジッと見つめると視線を逸らすんです、レイヴン様って」

「そ、そうなのか」

「伊達に何年もあなたのお世話係をしてませんよ」

キサラが微笑んだ。

うーん、敵《かな》わないなぁ。

俺は内心で苦笑しつつ、

「ちょっと、その……考えたいことがあっただけだ。心配するな」

彼女に微笑を返した。

「私でお役に立てることはありますか、レイヴン様？」

キサラがたずねる。

「もし、あなたが何かの理由で心を痛めているとしたら……私は、それを取り除くための力になりたいです」

「キサラ──」

「レイヴン様は私のことを家族と言ってくださいました。だから私も……家族として、あなたを案じております」

優しい笑顔だった。

ああ、前世で俺にこんな笑顔を向けてくれる人はいなかったな。

「ありがとう、キサラ。君がそうやって声をかけてくれると俺の気持ちも軽くなるよ」

彼女の心遣いに胸が熱くなった。

「ただ、これぱっかりは俺一人で解決しなきゃいけないんだ」

俺は彼女の肩に手を置いた。

「レイヴン様……」

キサラはうっとりしたように目を細める。

「覚えておいてくださいね。私は――キサラは、どんなことがあってもレイヴン様の味方です。あなたの側におります」

「ありがとう、キサラ」

――俺は、決めたよ。

まずはバームゲイルに会いに行く。

そのうえで今後の対応を決めるんだ。

俺の、破滅の未来を変えるために。

＊

「【サーチ・最上級】」

俺は探知魔法を発動した。

その名の通り、何かを『探る』魔法だ。

今回の探知対象は『瘴気《しょうき》』だった。

こいつは邪悪な存在のみが放つオーラである。もちろん魔族も、こいつを色濃く放っている。

だから『瘴気』が漂ってくる場所を探れば、そこに魔族がいる確率は高い。

「どこだ――」

俺は探知魔法を発動したまま周囲に意識を向ける。

一〇〇メートル……五〇〇メートル……一〇〇〇メートル──。

どんどん対象範囲を拡大していくと、
やがて、俺の感覚にピンと触れるものがあった。

「いた……！」

「東南の方向、二キロくらいか……？」

とりあえず行ってみよう。

「【フライト】」

俺は飛行魔法を唱え、一直線に飛んでいく。

これらの魔法はいずれも一カ月程度で習得したものだ。

レイヴンはやはり天才的な魔法の素質を持っている。

もともと習得していた【ファイア】や【サンダー】などを最上級まで引き上げただけじゃなく、未習得だった数々の呪文《じゅもん》も魔法書を一読しただけで、だいたい使えるようになった。

それどころか、最上級のさらに上の領域まで独学で会得した魔法さえある。

こいつって、ちょっと努力しただけでめちゃくちゃ強くなれるじゃないか……。

俺は我がことながら呆れてしまったほどだ。

逆に、ゲーム内でこいつが努力家だったら、主人公はどうあがいても勝てなかっただろう。

そう考えると、ちょっと安心感もこみ上げる。

この先も俺が努力を続けていけば、主人公に殺されることはないだろう、きっと。

──まあ、それはさておき。

一直線に飛んでいくと、やがて瘴気の出どころが近づいてきた。

「いる……」

ごくりと喉が鳴る。

姿は見えないけど、前方数百メートルに何かがいるのが分かった。

「……人間の魔術師か」

ずずず……。

空間からにじみ出るようにして黒いシルエットが出現した。

頭頂部から生えたツノ、背中の翼、そして炎のように赤い瞳。

高位魔族バームゲイル。

ゲーム内で見た姿にそっくりだから、すぐに分かった。

「俺の名はレイヴン・ドラクセル。ドラクセル伯爵の長男だ」

俺は隠さずに自分の素性《すじょう》を名乗った。

「ほう？　貴族の息子がこの俺に何か用か」

「お前と話がしたくて来た。高位魔族バームゲイル」

俺はストレートに自分の要求を伝える。

バームゲイルが眉を寄せた。

「……俺の名を知っているのか」

「少し話す時間をくれないか？」

俺は奴から視線を外さない。

正直、奴がどう出るか分からなかった。

いきなり襲いかかってくることもあり得る。

「……ふん、いいだろう」

一瞬の沈黙の後、バームゲイルはうなずいた。


俺たちは町の裏路地に入った。

周囲にひと気はない。もしも戦闘になった際は、できるだけ巻き添えを避けなければならないから、誰もいない場所の方が好都合だ。

「話とはなんだ？」

バームゲイルがたずねる。

「単刀直入に聞きたい。お前たち魔族の目的はなんだ？」

「……どういう意味だ」

「魔族はもともと人間を襲うんだろう？　なかには人間を食ってしまう種族もいるとか」

「確かに我ら魔族の中に凶暴な衝動があることは否定しない。殺意。破壊。憎悪——負の衝動だ。だが」

バームゲイルが言った。

「現在、我ら魔界と人間界の間には停戦協定が結ばれている。だから、そのような衝動のままに魔族が暴れ回ることはない」

「じゃあ、なぜお前はここにいる」

俺はバームゲイルを見据える。

「人間を襲う気がないなら、そもそも人間界に来る理由はないいんじゃないか？　魔界に住めばいいだろう」

「……俺がどこに住もうが、俺の自由だろう」

「確かにそうだ。けど、俺たち人間からすれば、高位魔族が人間の町をうろついているだけで脅威に感じられる」

「俺は人間には危害を加えん。さっきも言ったが、我らの間には停戦協定が――」

「その割に魔族に襲われる人間が後を絶たない」

俺はバームゲイルの言葉を遮った。

「お前自身も――バレないように念入りに隠蔽《いんぺい》しているみたいだけど、俺は証拠を握っているんだ。お前が夜な夜な人間を食っている証拠を」

ニヤリと笑ってみせた。

もちろん、そんな証拠なんて握っていない。

ただ、こいつはゲームシナリオ内では人食いの魔族だった。そして、その凶行を一〇年以上も続けていたという話だ。

なら、この時点でもバームゲイルは社会の裏に隠れ、『人食い』を続けているはず。

そう、この世界が俺の知っている『エルシド』のシナリオ通りに進んでいるなら――。

「証拠を握っている……だと？」

お、いいぞ、食いついてきた。

核心を突かれてスルーしきれなかった、という感じか。

まあ、俺は真実をすべて知っているからな。腹の探り合いになれば、絶対的なアドバンテージが生じる。

「お前は来たるべき新たな『魔王大戦』に備え、人間を食って力を蓄えているんだ。そして、それは新たな魔王の命令だろう」

「っ……！」

バームゲイルの表情がこわばった。

沈黙が流れる。

俺が言ったことに証拠なんて一つもない。全部ハッタリだ。

けれど、それは根拠《こんきょ》のあるハッタリでもあった。

何せ、すべてはゲームの設定通りの話をそのまま言ったんだから。

「くく……」

バームゲイルが小さく笑った。

「面白いぞ、人間……」

その笑いが徐々に大きくなる。

「少し甘く見ていた。証拠はすべて消していたつもりだったが……そこまで知っているということは、貴様は俺たちの情報を色々とつかんでいるようだ」

「だったら、どうする？」

「殺す――」

ばさり。

バームゲイルの背から巨大な翼が広がった。

「魔王様が自軍の戦力の底上げを図っていることは、まだ知られるわけにはいかん。来たるべき大戦の日まで――余計なことを知っている貴様は、ここで俺が始末する……！」

「――ふん」

俺はバームゲイルを見据えた。

自然と笑みがもれる。

「なんだ？　何がおかしい」

「いや、ありがたいと思ったのさ」

俺は言いながら魔力を高めていく。

「お前を殺す理由ができた」

いくらゲームシナリオでは多くの人間を虐殺する邪悪な魔族といっても、この世界においてこいつは何もしていない――かもしれない。

けれど、やはりゲームシナリオ通り、こいつは……そしてこいつの背後にいる魔王軍は人間世界に侵攻するつもりのようだ。

なら、今のうちにこいつを討つ。

それによって多くの人間が虐殺される未来を防ぐことができる。

そして俺にとってはもう一つ――主人公の覚醒イベントをなくすことができる、というのが大きい。

「しかも一石二鳥だ。お前はここで絶対に仕留める」

「一石二鳥？　なんの話か分からんが、俺としてもお前を生かしておくわけにはいかん」

ごうっ！

バームゲイルの全身から魔力のオーラがほとばしった。

「【結界生成】！」

俺と奴が同時に魔法を発動する。

「むっ……？」

いくら奴らが人間世界への侵攻を企《たくら》んでいるとはいっても、現状でこの世界には人間と魔族の停戦協定がある。

だから大っぴらに高位魔族と戦うのはまずい――と思って、俺たちの戦いが外から見えないように隠蔽用の結界を張ったんだけど……どうやらバームゲイルも同じ考えだったらしい。

「二重の隠蔽結界か。これで心置きなく戦えるな」

「こっちの台詞だ」

俺たちは同時にニヤリとした。

「じゃあ、さっそく――」

開戦だ。

「くく、人間と魔族の絶対的な差がどこにあるか分かるか？」

バームゲイルが含み笑いをした。

「それがあるかぎり人間であるお前は、俺には勝てん」

「ん？　もしかして魔力量のことか」

俺はバームゲイルにたずねた。

そう、人間と魔族には絶対的な魔力量の差が存在する。

努力ではどうにもならない、種族自体の壁――。

人間の魔力を一〇とすると、魔族の魔力はおよそ五〇から一〇〇。

つまり五倍から一〇倍くらいの開きがあるわけだ。

魔法の威力は基本的に呪文のランクと魔力の量に比例する。人間より圧倒的に魔力が多い魔族との魔法戦闘で、人間が魔族に勝つのはまず無理だ。

「同じ呪文でも魔族が使えば人間の数倍の威力になる。まして高位魔族の俺なら――」

ごおおおおおっ！

奴が巨大な火球を放った。

威嚇《いかく》のつもりか、俺から離れた場所に着弾して大爆発を起こす。

吹き荒れる爆風を、俺は【シールド】を張って防いだ。

「くくく、この結界内で発動した魔法は、外の世界には影響を及ぼさない。外への被害を気にせず、高ランク魔法を好きなだけ使えるというわけだ」

「なるほど。それを聞いて安心した」

俺はニヤリと笑った。

「俺も隠蔽結界を張ったけど、自分の結界だけじゃ攻撃の余波を外の世界にまで出さずに抑えられるか不安だったからな。お前の結界があって助かるよ」

「ふん、お前が心配しなければならないのは外への被害などではなかろう？　今から俺に殺されることだ」

バームゲイルの全身が魔力のオーラに包まれる。

「じわじわと殺すか、それともあっさり殺すか……思案《しあん》のしどころだな」

「悪いけど、俺は時間をかけるつもりはない。さっさと終わらせて、魔法の訓練をしたいし」

俺はバームゲイルに言った。

「一撃で殺してやるから、さっさとかかってこい」

「貴様ぁぁぁぁぁぁっ！」

バームゲイルがキレた。

「人間ごときが！　舐《な》めるなよ！」

バームゲイルが右手を突き出す。

しゅううう……んっ。

赤い光が手のひらに収束していく。

「先ほど放った【ファイアバレット】はあくまで小手調べ。今度は貴様を確実に殺せるだけの魔力を込めて撃つ」

【ファイアバレット】というのは、さっき俺が防いだ火球の魔法だ。

で、今回は魔力を全力投球してくるというわけか。

ただでさえ、人間の五倍から一〇倍の魔力を持つ魔族の——それも高位魔族の全力攻撃。

常識的には、人間にこれを防ぐことは不可能だ。

「——ただし」

俺はニヤリと笑った。

「さあ、燃え尽きろ——【バニッシュフレア】！」

バームゲイルが炎の渦《うず》を放った。

先ほどとは桁違いの魔力がこもったそれが、俺に向かってくる。

「今度は【シールド】で防ぐのは無理だな」

つぶやく俺。

「当然だ！　このまま消えろ——」

「お前が、な」

俺は右手を突き出し、魔力を強めた。

しゅううううううううんっ！

手のひらに赤い光が収束していく。

「っ……⁉　な、なんだと、その魔法はまさか――――」

「そうだ、お前と同じ【バニッシュフレア】さ」

屋敷の魔法書には魔族の魔法である【バニッシュフレア】のことは載っていないが、俺はゲームの知識でこの魔法の存在を知っていた。

天才である俺は、独学で最上級魔法をも超えるこの【バニッシュフレア】を会得したのだ。

「馬鹿な……馬鹿な……」

「魔法の基本を教えてやろう、高位魔族バームゲイル」

愕然《がくぜん》とするバームゲイルに対し、俺は笑みを深めて語る。

「呪文のランクが高いほど、そして魔力量が多いほど、その魔法の威力は強いものになる。俺が今から撃つ魔法は、お前と同じ【バニッシュフレア】。ならば、魔力が多い方の魔法が、より威力が強くなる――――」

ばしゅっ……！

俺は火炎の渦を放った。

「ふ、ふん、人間ごときの魔力で、俺の魔法に勝てるつもりか――――何っ⁉」

俺が放った赤い炎の渦は、空中で青い炎の渦へと色彩《しきさい》を変化させる。

「魔力量が一定値を超えると火炎呪文は次の領域へと到達する。この『青い炎』はその証――」

「ま、まさか……まさか、貴様――」

「人間の魔力は魔族よりも弱い。だけど、何事にも例外が存在するのさ」

俺は全身の魔力を一気に高めた。

「ば、馬鹿な！　人間がこれほどの魔力を持つなど、ありえん……これでは、まるで魔王様――⁉」

バームゲイルが愕然とした表情を浮かべる。

「お前、本当に人間か……⁉」

「当たり前だ」

俺の炎がバームゲイルの炎を飲みこみ、そのまま奴自身をも包みこむ。

「れっきとした人間さ。出自が少々変わっているけど――な」

ごうっ……！

そして、青い炎はバームゲイルを一瞬で焼き尽くした。

＊

暗い闇の中に、いくつもの人影がたたずんでいた。

その中心にいるのは、美しい少女だ。

「……バームゲイルが死んだ」

彼女が周囲に向かって言った。その表情には驚きの色がある。

「人間に殺されたようね」

「たかが人間に、あいつが――？」

「奴は高位魔族の中でもかなりの猛者《もさ》だったはず……」

「油断したのでしょうか」

周囲の人影がいっせいにざわめいた。

「いいえ、違う」

彼女は首を横に振った。

「一瞬だが、すさまじい魔力を感知した。不意打ちなどではない。正面からの魔法戦闘で撃破されたのよ」

「バームゲイルを超えるほどの、ですか？」

「それをたかが人間が？」

「あり得ませぬ。我らと人間では魔力量に絶対的な差がありえます」

「そう、人間と魔族の超えられない差が――」

「確かに種族による限界値の差異は存在する。ただ、ごくまれに――限界の壁を軽々と踏破《とうは》する『規格外《きかくがい》』が生まれ出でる。みんなも知ってるでしょ？」

少女が全員を見回した。

「そやつが、そうだと？」

「ならば我らにとって脅威ですな」

「いえ、そうとは限らない」

彼女の口元に笑みが浮かんだ。実に楽しげな笑みだった。

「むしろ、我らの力になるかもしれない。いずれ我らが人間界に侵攻する、そのときに――」

後に『魔王大戦』と呼ばれる大戦争が起きるまで、あと三年。

＊

「よし、いい流れだ」

俺は自室に戻り、ニヤリとした。

高位魔族バームゲイルを倒したことで、主人公の覚醒イベントの一つを潰《つぶ》すことができた。

これで主人公は本来のゲームシナリオより弱体化するだろう。俺が殺される危険性もかなり減ったわけだ。

それと同時に、俺の現時点での実力を理解した。

魔王に次ぐ力を持つ高位魔族の一体――バームゲイルを瞬殺できるだけの力が、俺にはある。

しかも、まだまだ伸びしろがあるはずだ。

何せ俺が覚えた呪文の数はまだまだ少ない。

「もっとたくさんの呪文を覚えないとな……」

攻撃魔法に防御魔法、バフやデバフなどなど。

主人公の覚醒イベントを潰したくらいじゃ、まだまだ安心できない。

俺の死亡フラグは一つ残らずへし折ってみせる。

万全の状態で魔法学園入学を迎えるんだ。

＊

その後――。

俺は地道に魔法書を読み、手持ちの呪文を増やしていった。

天才の俺は一読するだけでほとんどの呪文を習得できるので、読めば読むほど、使える呪文の数は増えていった。

その成長ぶりは我ながら爽快の一言だ。

一の努力で一〇の実力アップ、二の努力で五〇の実力アップ――数字にするとそんな感覚だった。とにかく、すごい勢いでガンガン成長する。

「これが――天才に生まれた人間の感覚か！」

俺は歓喜した。努力するのが楽しくて仕方ない。

そして、新たに覚えた呪文を使いこなす練習に加え、体力や体術面でのトレーニングも怠《おこた》らない。

周囲の人間が俺を見る目も、明らかに変わっていった。

今や俺は才能にかまけてまったく努力しない放蕩《ほうとう》の貴族令息じゃない。己の才能に慢心《まんしん》することなく努力を惜しまない模範的《もはんてき》な少年だ。

「最近、評判いいじゃない」

俺が前世の記憶に目覚めてから――つまり努力を始めてから半年ほど経ったころ、マチルダが俺を訪ねてきた。

「評判？」

「ふふ、とぼけなくても耳に入ってるでしょ。あんたが生まれ変わったように努力を続けてるって……最初はいずれ元に戻ると思ってたけど、半年も続いているなら、さすがに本当に性根を入れ替えたのかな、って」

マチルダが微笑む。

ちなみに、この場には俺と彼女の二人きりだ。

マチルダがキサラにも席を外すように言ったのだった。

俺と二人で話したいらしいが……。

一体、どんな話だろう。

「正直に言うね。あたし、あんたのことが嫌いだったの」

「まあ……そうだろうな」

マチルダのストレートな告白に俺は苦笑した。

ゲーム内のレイヴンは才能を鼻にかけ、堕落《だらく》した生活を送っていた。

攻撃的で、他人を傷つけてばかりで、自分より才能で劣るものを容赦《ようしゃ》なく打ちのめす。

典型的な悪役だ。

この世界の俺——前世の自我に目覚める前の俺のことだ——も周囲の人間につらく当たったりしたんだろうか。考えるだに恐ろしい。

いちおう記憶を探ると、『俺』に目覚める前の行動もなんとなくは分かるんだけど、細かいことになるとさすがに覚えていないからな。

そこに関しては、まあ割り切るしかないんだろう。

俺が『俺』になる前、具体的にどんなことをしたかは分からないんだから——。

せめて『俺』になって以降は、誰かを傷つけるような行動はとりたくないし、とるつもりもない。

「あと何カ月かしたら魔法学園の同級生ね。今よりも会える機会は多くなるわ」

「ん、そういえばそうか……」

最近は魔法書の読破《どくは》に夢中で、時間の感覚がイマイチ薄れていた。

「……もうちょっと喜んだらどう？」

俺の気の抜けたような返事が気に食わなかったらしく、マチルダが眉を寄せた。

「なかなか会えない婚約者と同級生になって一緒に学園生活できるのよ？」

「いや、だって婚約者って形式上だろ？　マチルダだって、別に俺のことが好きってわけじゃないだろうし」

「…………」

「マチルダ？」

「……そうね。形式上ね」

マチルダがいきなり無表情になった。

……ん？　俺、間違ったこと言ってないよな？

だってマチルダはゲーム内のヒロインで、ルートによっては主人公と結ばれるはずだぞ？

「あたし、帰る」

「マチルダ……？」

「じゃあね！　レイヴンの馬鹿！　鈍感！」

言うなり走り去っていく。

なんで怒ってるんだ……？

「レイヴン様、追いかけてください！」

キサラが叫んだ。

「えっ、どうして？」

「もうっ、鈍感すぎますよ！」

「キサラまで怒ってないか……？」

っていうか、マチルダもキサラも、なんで俺のことを鈍感呼ばわりするんだ？　よく分からないけど、とりあえずマチルダを追いかけることにするか――。


「待ってくれ、マチルダ！」

「うるさい！」

マチルダは俺の呼びかけにも答えず、どんどん先に走っていく。

は、速い――。

少なくとも単純な身体能力なら、彼女の方がかなり上だ。

「しょうがない――【フライト】」

俺は飛行魔法で彼女を追いかけた。

さすがに飛行魔法なら走る人間より圧倒的に速い。

みるみる差が縮まっていく。

「――【ハイスピード・フライト】！」

マチルダも飛行魔法を使った。

ぐんっ！

彼女は飛びながら一気に加速する。

音速を軽く超えた彼女の周囲に、衝撃波が吹き荒れた。

マチルダは風魔法を得意としており、風属性魔法の【フライト】系統も普通の魔術師よりもはるかに速度を出せる。

高速飛行魔法を使えば、竜をも凌《しの》ぐほどの飛行速度を出せるのだ。

ゆえに彼女の二つ名は【竜翼《りゅうよく》】。

俺が今使っている飛行魔法ではとても追いつけず、どんどん差が開いていく。

「本当に意地っ張りだな……」

俺は苦笑しながら魔力を強める。

ぐぐぐんっ！

俺の飛行魔法は一気に数倍にスピードアップした。普通に飛んでは【竜翼】のマチルダのスピードには敵わないけど、本気で魔力を込めればこの通り。

あっという間にマチルダに追いついた。

「えっ、嘘⁉　なんで通常飛行魔法で、あたしの高速飛行魔法に追いつけるのよ⁉」

「魔力量なら誰にも負けないからな、俺は」

飛行魔法の速度は術者の魔力量に依存する。

だから俺がちょっとその気になれば、相手が高速飛行魔法を使っても簡単に追いつけてしまうのだ。

俺の魔力量で発動した通常飛行魔法は、普通の魔術師が使う高速飛行魔法よりずっと速い
――。

「……やっぱり天才よね、あんたって」

マチルダがポツリとつぶやいた。

「それだけの才能があれば、努力しなくても何でもできちゃうでしょ？　なのにあんたは努力を始めた……一体何があったの？」

「強くなりたい──そういう気持ちが芽生えた、としか言えないよ」

俺は誤魔化し気味に言った。

「今までは自分の才能に任せて、漫然と過ごしていた。けれど、それじゃ限界がある。才能だけじゃたどり着けない世界がある。だから──今は強さを求めることが俺の目標になったんだ」

俺はマチルダを見つめる。

「今は自分の力を磨くことで頭がいっぱいだ。もし気が回らずに君を不快にさせるようなことを言ったなら、悪かったよ。ごめん」

「……もういいわよ。っていうか、本当にあんた……レイヴン？　絶対別人になってるよね」

「っ……!?」

俺は思わず息を飲んだ。

「謙虚《けんきょ》で、ひたむきで……まるで中身が入れ替わったみたい」

「は、ははは、まさかぁ……」

動揺しすぎて声が裏返ってしまった。

落ち着け、俺。冷静に考えたら、『別人みたい』とか『中身が入れ替わったみたい』っていうのは単なる冗談だろう。

とはいえ、実際にはそれが真実なわけで——。

俺としては心臓がバクバクいっていた。

「あたしこそ……ごめんね、レイヴン。急に怒ったりして。別にあんたに不満はないから安心して」

マチルダが微笑んだ。

「魔法学園で一緒に学べるのを……その、た、楽しみにしてる……から」

急に頰《ほお》を赤らめるマチルダ。案外照れ屋らしい。

そういえば、ゲームでもツンデレキャラだったな、こいつ。

もちろんデレる対象は俺じゃなく主人公なわけだが。

＊

ぱしゃり……。

大理石のように白く滑らかな肌を水滴が伝っていく。

「ふう……」

自宅の浴室で水浴びをしながら、マチルダはため息をついた。

一糸まとわぬ裸身は全体的にスレンダーだが、女性らしい丸みは十分に帯びており、芸術品のように美しい。

「嘘、あいつ……あんな奴だっけ？　本当に、まるで別人――」

本当は、レイヴンのことが嫌いだった。

自分以外のすべての他者を見下すような傲慢《ごうまん》な性格で、屋敷では使用人につらく当たり、一方で評判のよくない人間と付き合ったりもしていたとか。

およそ優しさや思いやりといった『情』が感じられず、婚約者として初めて会ったときも、彼女のことを興味なさそうに一瞥《いちべつ》した後、邪魔だとばかりに追いやってしまった。

婚約者であることが――いずれ彼と結婚しなければならないことが、嫌で嫌でたまらなかった。

彼女に望まれているのは『レイヴン・ドラクセル夫人』としての生き方なのだろう。レイヴンを献身的《けんしんてき》に支えて生きていくこと。彼女自身の意思や自我など誰も望んでいない。

確かに夫を支え、献身的に生きていくのも一つの人生だし、それはそれで素晴らしいことかもしれない。

けれど、マチルダが望む道ではなかった。

「だって、あたしには魔法の才能があるもの。これを生かす人生があるはずよ」

誰かを支えるより、自分の意思で自分の道を切り開く――そんな人生こそが彼女の望みだった。

その望みを叶《かな》えるためには、レイヴンとの婚約は不要だと思っていた。

叶うなら、なんとか理由をつけて婚約破棄できないだろうか、とさえ思っていた。

だが、今……彼女の心は大きく動いていた。

「才能はあるし、顔も格好いいし、おまけに努力家でひたむきで……使用人からの評判もすごくよくなったらしいし」

マチルダはまたため息をつく。

「婚約者……かぁ」

嫌で嫌でたまらなかったはずなのに。

今、レイヴンのことを考えると、胸の奥にときめきが芽生えるのはなぜだろう。

結婚して彼を支えるとか、そういったことは一旦置いておいて――。

レイヴンという同い年の少年のことが、純粋に気になり始めていた。

一人の異性として、甘いときめきを感じ始めていた。

第四章　魔法学園入学

春――。

俺は魔法学園に入学することになった。

もちろん、キサラやマチルダも一緒だ。

そして何よりも――。

「あいつと……ついに出会うんだな」

すでに緊張感マックスで、さっきから心臓がバクバクいっている。

この世界がゲームの中なのか、ゲームそっくりの世界なのかは未《いま》だに分からないけれど、ともかく『エルシド』の主人公である【マルス・ボードウィン】との出会いは、刻々《こくこく》と近づいているはずだった。

マルスは俺と同い年で、ごく平凡な魔法の才能しか持たない少年だ。俺のような貴族ではなく商家の生まれである。

才能がないため、学園に入っても当初は序列《じょれつ》最下位だった。

けれど、そこから数々のイベントのたびに魔法の実力をグングン上げていき、やがては悪役であるレイヴン――つまり俺だ――を打ち破るほどの最強の魔術師へと成長していく。

まさに『努力の人』だ。

「いよいよ、今日からですね。レイヴン様」

俺の隣を歩いているのは、制服姿のキサラだ。

可憐《かれん》な彼女を、道行く生徒たちがチラチラと見ている。

「今日からよろしくね、レイヴン、キサラ」

前方から、これまた制服姿のマチルダが歩いてきた。

こちらも絶世の美少女ぶりに周囲の生徒たちの目が釘付《くぎづ》けだった。

俺はそんな二人の美少女を左右に侍《はべ》らせた状態で歩いていく。

ちなみに俺自身も注目を浴びていた。

「あれが噂《うわさ》のレイヴン・ドラクセル……」

「あのドラクセル家の御曹司《おんぞうし》か……」

「一〇〇年に一人の天才……」

「魔法の腕じゃ、すでに宮廷魔術師すら凌《しの》ぐっていうが……」

ざわざわ。

ざわざわ。

周囲の生徒たちが俺を見る目は、畏怖《いふ》一色だった。

うーん……なんとなく悪役感があるような。

まあ、俺はあくまでも悪役だから仕方がないか。

ただ、ここから主人公に討伐される流れにならないよう、できるだけ学園内のイメージに気を使いたいところだ。

とにかく俺が『悪役として主人公に殺される』という流れだけは絶対に阻止しなきゃいけない。

そのために必要なのは、

・マルスと敵対しないために仲良くなる。
・マルスに殺される前に彼を殺すか無力化する。

大まかに分ければ、この二つのどちらかということになる。

前者の場合、仲良くなったまま過ごせればいいけど、途中で何らかの理由で敵対するようになれば、俺はゲーム通りに殺されるかもしれない。

後者の場合、『どうやって無力化するのか？』というのが難易度が高いし、殺すというのも心理的なハードルが高すぎる。

やっぱり、俺に人は殺せないと思う。

仮にそのハードルを越え、自分が生きるためにマルスを殺す――という心境になれたとしても、相手は主人公である。

いくら俺がゲームのレイヴンよりも強くなったとはいえ、返り討ちに遭う可能性は十分にある。

マルスとどう接するべきか、彼とどうなるべきか——明確な答えは、まだ見つからない。

「実際にマルスと接して、相手の反応を見ながら方針を決めていくしかないな……」


俺たちは一階にある掲示板の前に移動した。

そこにクラス分けの名簿《めいぼ》が張り出されるという話だ。

確かゲーム内では俺とマチルダは入試最上位の生徒が集められる『一年A組』に、主人公のマルスは入試最下位の『一年E組』に入るはずだ。

キサラに関しては、ゲームシナリオでは魔法学園に通っていないので、どこのクラスに入るのかは分からない。

と、

「やった、三人とも同じクラスですよ！」

キサラが喜んでいた。

「ふふ、楽しくなりそうね」

マチルダも笑顔だ。

俺もマチルダも、そしてキサラも『一年A組』に入っていた。

聞いたところでは、どうやらキサラも入試で成績上位の一人だったらしい。それはまあ喜ばしいことなんだけど――。

「……？　どうかしましたか、レイヴン様」

「あんまり嬉《うれ》しそうじゃないわね」

キサラとマチルダが不思議そうに俺を見ている。

「――いや、二人と同じクラスで嬉しいよ」

俺は首を横に振りつつ、名簿を見つめていた。

――あいつも一緒か。

内心でつぶやく。

そう、名簿には『マルス・ボードウィン』の名前もあったのだ。

あいつは天才タイプじゃなく、本来の素質なら最下位の『Ｅ組』に入るはずだった。

少なくともゲームシナリオではそうだったんだけど――。

「ゲームと現実がズレてるのか？」

不穏《ふおん》な予感が、した。


「ふうん、君が天才と名高いレイヴン・ドラクセル？　入学試験で成績一位だそうね」

「噂になるだけあって、とんでもなく強い魔力を感じるぜ」

教室に入るなり、男女二人組が話しかけてきた。

「私と弟も入試の成績上位よ。成績は私が三位、彼が五位。ふふ、いいライバルになりそうね」

「へっ、お前なんてすぐに追い抜いてやるぜ」

いきなり対抗意識を燃やされている。

この二人のことは知っていた。

ともに大富豪ホークアイ一族の双子姉弟《きょうだい》で、姉のローゼは金髪碧眼《へきがん》の美少女、弟のバルカンは銀髪碧眼の美少年だった。

二人とも魔法の実力は高く、第一部の学園編では主人公のライバルポジション、第二部の魔王討伐編では仲間になる。

まあ、不要な波風を立てる必要もないし、適当に仲良くしておこう。

「よろしく。レイヴン・ドラクセルだ。仲良くしよう」

俺はできるだけ爽《さわ》やかに微笑《ほほえ》んだ。

「さすがに成績一位だけあって風格があるわね。それに比べ、あそこにいる『成績最下位』さんは……ふふ、どうしてこのクラスにいるのかしら？」

「だよな。今からでもE組に行けばいいのによ。このクラスに弱者はいらねぇ」

二人は馬鹿にしたように窓際に座っている男子生徒を見た。

黒髪に線の細い印象の少年。

マルスだ。

ついに――このゲームの主人公とご対面か。

「よう。お前、名前は？」

と、バルカンがまっすぐマルスに歩み寄った。

「マルス・ボードウィンです」

答えるマルスは生真面目《きまじめ》そうな少年だった。

良くも悪くも凡庸《ぼんよう》な印象を受ける。

実際、この時点のマルスの能力はA組の連中よりかなり見劣りする。

学園側の手違いでA組に入っただけで、本来なら最下位のE組相当の実力だからだ。

ただし――成長性は高い。

ゲーム内では数々のイベントを通して、魔力をアップさせていき、やがてはA組の生徒を上回るほどの魔術師へと成長していく……というのが、ゲーム内での大まかなストーリーだった。

「大した魔力を感じねぇなぁ。お前、本当にA組か？　ええ？」

バルカンが脅すように言った。

いやな絡み方だ。

ゲーム内では、ホークアイ姉弟とマルスはもっと友好的な関係だ。とある授業でマルスがその成長性の片鱗《へんりん》を見せ、彼の高い素質に姉弟が一目置き、ライバル視しながら近づいてくる――というストーリー。

ただし、この『現実』ではマルスの成長性を知る前に、こうしてクラスメートとして知り合いになったから、『彼に一目置く』という部分が発生しないわけか。

「お近づきのしるしに手合わせしてくれねぇか？　今日は昼までで学校が終わりだから、その後に。中庭で待ってるからな」

「て、手合わせ……？」

「A組同士だ。本気の魔法バトルをしてみようぜ。俺は強い奴《やつ》と戦うのが大好きでなぁ」

バルカンは好戦的な性格だ。手合わせといいつつ、マルスを叩《たた》きのめすつもりだろう。

そうそう、ゲーム内でもバルカンとマルスの決闘イベントがあったなぁ。

俺は記憶をたどった。

といっても、今回みたいなケンカを吹っかける感じじゃなく、マルスの成長を試すために二人が挑んでくる……という感じだが。

ちなみに、その決闘はいわゆる負けイベントであり、マルスは最初に魔法学園で挫折《ざせつ》を味わうことになる。ただ、その負けがきっかけで、マルスはさらに努力をして強くなっていくんだけど——。

「じゃあ、待ってるぜ」

バルカンはニヤリと笑って背を向けた。

「ど、どうしよう……」

一方のマルスは青ざめた顔だ。

「あんな強そうな人たちに絡まれてしまった……僕、なんでA組なんかに入ったんだろう……うう」

――よし、話しかけるチャンスだ。

「災難だったね、マルス・ボードウィンくん」

俺はマルスの元に歩み寄った。

「君は……」

「レイヴン・ドラクセルだ。初めまして」

俺はマルスに微笑み、手を差し出した。

半ば直感《なか》だけど、このとき俺の中で方針がまとまりつつあった。

ゲーム内での『レイヴン死亡』の運命を変えるために――敵対ではなく和解する。

俺は、マルスと友だちになる。

「よ、よろしく」

マルスは俺の手を握り返した。

「……さっきのやり取りを見てたよ。クラスに入った早々、嫌な奴に絡まれたな」

「うん、どうしよう……」

「心配するなよ。俺が一緒についていくから」

「えっ」

「俺が君を助ける」

マルスに向かって、俺はにっこりと笑った。

今日は入学初日ということで、自己紹介や年間のカリキュラムの説明、校内施設の案内などがメインだった。

で、昼までにそれらの予定が終わり、早々に下校時刻になる。

「はあ……中庭に行くんだっけ……」

帰り支度を整えている生徒たちの中で、マルスが憂鬱《ゆううつ》そうにため息をついているのが見えた。

俺は彼の元に近づき、

「朝、言った通り、俺が一緒に行くよ」

「レイヴンくん……じゃなかった、ドラクセル伯爵令息」

「そんな堅苦しい呼び名じゃなくていいよ。レイヴンって呼んでくれ」

「えっ、でも――」

「ここでの俺は貴族じゃない。ただの生徒だ」

俺は笑顔で言った。『敵』を相手に、我ながら爽やかな態度を取れたと思う。

「俺も君のことをマルスって呼んでいいかな？」

「も、もちろん」

「よかった。じゃあ、よろしく」

俺はマルスと一緒に中庭に向かった。

そこにはバルカンとローゼ、さらに十数人の生徒が待っていた。

「ん？　一緒にいるのはレイヴンくんか。マルス一人で来ると思ったのに」

俺には『くん』付けで、マルスは呼び捨て……この辺からして扱いが違うな。

「彼は体調が優れないそうだ。代わりに俺が相手をさせてもらうよ、バルカンくん」

ニヤリと笑って、バルカンに語りかける俺。

「…………………はい？」

さすがに予想外だったのか、バルカンがポカンとなった。

「マルスと手合わせしたいって話だったろ？　けど、あいにく彼は調子が悪い。だから俺が代わりに戦う。分かったか？」

「えっ、いや、その……」

バルカンは目に見えてうろたえだした。

本当は、この人数の前でマルスを叩きのめし、彼に大きな屈辱感を与えたかったんだろうが――。

そうはいかない。

屈辱を味わうのはお前だ、バルカン。

俺はバルカンと対峙《たいじ》していた。互いの間に緊張感が張り詰めていくのが分かる。

「さあ、手合わせしようか。軽くな」

ボッ！

俺の足元から炎に似た魔力のオーラが立ち上る。全身を覆《おお》うほどのオーラが出ていないのは、魔力を軽く解放した程度だからだ。

「な、なんだ、このバカでかい魔力は⁉」

「本当に俺たちと同い年かよ……⁉」

「化け物が……！」

「これが超天才……レイヴン・ドラクセル――」

取り巻きたちがいっせいに青ざめた。

いや、まだ軽く魔力を込めただけなんだけど……。

「……どういうつもりだ」

バルカンが俺をにらむ。さすがに取り巻きたちよりは肝が据わっているのか、強気な態度だ。

「言葉のままさ。俺も他の生徒の力を知っておきたいし」

「くっ……」

平然とした俺とは対照的に、バルカンはすでに青ざめている。

自分より実力が劣る相手を叩きのめそうとしていたところに、明らかに自分より強い相手――つまり俺が現れたから、精神的にかなり揺らいでいるようだ。

学生時代にも、そして社会人時代にもいたよな、こういう奴。自分より弱い相手には徹底的に居丈高《いたけだか》、だけど自分より強い相手には媚《こ》びへつらうんだ。

「ま、待て、俺もちょっと調子がよくなくて……」

バルカンが弱腰になって言った。

「今日はちょっと――」

「そうか。じゃあ、日をあらためよう」

俺はバルカンに微笑んだ。

「えっ？　えっ？」

バルカンは戸惑っているようだ。

「ど、どうして俺と戦いたがるんだ？　別に俺たちが戦う意味なんてないだろう」

「どうしてって……強い奴と戦いたいからさ」

俺は微笑を絶やさず、

「君だってそうだろう？　もともとはマルスの力を知りたくて手合わせを申し出たんだろう？　その相手が俺に代わっただけだ」

「うう……」

「それとも――マルスに手合わせを申し込んだのは、もっと別の理由があるのか？」

「っ……！」

痛いところを突かれたはずのバルカンは言葉を失う。

「……それくらいにしておいたら、レイヴン」

ローゼが金色の髪を『ふぁさっ』とかき上げながら進み出た。

「君は強いわ。ちょっと魔力を込めただけで、この威圧感……悔しいけれど、現時点では新入生の中で頭一つ二つ抜けているでしょう」

冷静に俺の力を分析しているような口調だけど、よく見ると彼女の額に汗がにじんでいた。内心では俺を恐れているようだ。

「そんな君がわざわざ格下のバルカンと戦うの？　自分より確実に弱い相手をいたぶりたいの？　それは強者のふるまいとは言えない」

「じゃあ、バルカンがマルスとわざわざ手合わせしようとしたのはどうなんだ？」

俺はローゼを見つめた。

「バルカンこそマルスを格下とみなして挑んだんだろ？　俺はそれが気に入らなかっただけだ」

言って、俺は視線をローゼからバルカンに移す。

「うっ……」

バルカンは気圧《けお》されたように視線を逸《そ》らした。

「……いいんだ、レイヴンくん」

マルスが突然会話に割って入った。

「マルス……？」

「僕のために気遣ってくれてありがとう。けれど、これはやっぱり僕の戦いだ」

マルスは凛《りん》とした顔で言い放つ。

「バルカンくんの挑戦を、僕は受けるよ」

おお、さすがは主人公だ。

……なんて感想言ってる場合じゃないか。

この場面、俺はどう立ち回るべきか。

キャラ同士のやり取りや背景は異なっているが、結局、めぐりめぐってゲームシナリオ通りのシチュエーションになってしまった。

もしかしたら、俺が思っているよりも、この世界の――いわゆる『修正力』は強いのかもしれない。

俺がどんなに運命に――つまりゲームシナリオに抗《あらが》い、ゲームシナリオとは違う流れを作ろうと考えても、結局『世界の修正力』みたいなものが働き、シナリオ通りの流れに戻されてしまう。

だとすれば、俺がいずれ殺される運命は変わらない可能性がある。

「……冗談じゃない」

絶対に覆《くつがえ》してみせる。

シナリオを。運命を。

その『試金石《しきんせき》』として、このイベントはうってつけだ。

マルスの負け確イベントである、この戦いを『マルスの勝利』という形で終えられたら――。

それはつまり『運命を変えられる』という何よりの証拠になる。

「へへ、いい度胸だ」

バルカンがほくそ笑んだ。

俺が思案《しあん》している中、状況は止まらず、動いていく。

「おい、レイヴン。お前は手を出すなよ。いいな、絶対だぞ？」

俺をチラチラ見ながら念を押すバルカン。

相当俺にビビってるな、こいつ……。

「──分かった。約束しよう」

この場はこう言うしかない。

「マルス、大丈夫か？」

と、マルスに耳打ちした。

「はは、本当のことを言うと自信ないんだ」

……だよな。

「大丈夫だ。君には素質がある。自分を信じろ」

うーん、ありふれたアドバイスだなぁ、我ながら。

ただ、マルスに素質があるのは事実だ。成長力でいえば、天才である俺をも凌《しの》ぐ。

ただし現時点でのスペックはバルカンより数段下だった。まともに戦っても勝ち目はない。

「……俺がひそかにサポートしてマルスを勝たせるしかない」

だけど、方法が難しい。

俺がマルスに助力したことをバレないようにしないとな……。

となれば、炎や稲妻といった派手な魔法を使うのは論外だ。

不可視《ふかし》の攻撃か、あるいは――。

「さあ、始めようか。危険防止のためにお互いに防御結界を三重にかけ、攻撃魔法を撃ちあう。三発食らった方が負け。これでいいか？」

「了解した」

言いながら、マルスの顔は青ざめていた。

緊張と不安が見て取れる。

マルス自身も、バルカンとの実力差は分かっているんだろう。

それでも逃げない。

さすが主人公の心意気……なんだけど、世の中はそんなに甘くない。マルスは確実に負けるだろう。

「へへへ、いつでもいいぜ」

互いに三重の防御結界を展開し終えると、バルカンが言った。

「お前から撃ってこいよ」

「くっ……！」

挑発通り、マルスが魔法弾を放つ。

「遅い遅い」

が、バルカンは【加速】の魔法であっさりとそれを避《よ》けてみせた。

「速い――」

「驚く前に、反撃に備えな」

ばしゅんっ！

バルカンは無詠唱《むえいしょう》で魔法弾を放ち、マルスに命中させた。

「こんな一瞬で魔法を発動するなんて――」

「ハア？　お前、まさか無詠唱魔法も使えないのか？」

バルカンが呆《あき》れたような顔で言った。

「……使えない」

マルスは悔しげだ。

「あ～あ、それじゃ相手にもならねぇな」

馬鹿にしたように肩をすくめつつ、バルカンが魔法弾をまた放った。今度も無詠唱魔法だから発動が速い。

「くっ……」

避けきれず、マルスが二発目を食らってしまった。

これでツーアウト。次に食らったら、マルスの負けだ。

マルスの方も何度か反撃はしているけど、バルカンの【加速】の前に全部避けられてしまっている。

やはり実力差は大きいか――。

「ははは、相手にならねぇな！」

バルカンが三度魔法弾を放った。

マルスは避けきれない。

だが――、
どんっ！

「えっ……!?」

驚いたような声を上げるバルカン。

奴が放った魔法弾は、マルスがいる場所から数メートル離れた場所に着弾したのだ。

「くそっ、俺としたことがコントロールミスを――」

バルカンは舌打ちしつつ、ふたたび無詠唱で魔法弾を放つ。

どんっ！

が、結果は同じだ。

奴の攻撃がマルスから離れた場所に着弾する。

「な、なぜだ――」

バルカンは呆然《ぼうぜん》とした様子だった。

「やれ、マルス！」

俺は彼に指示した。呆然と立ち尽くしているバルカンにならら、マルスの腕でも攻撃を当てられる。

「よ、よし！　【魔弾】！」

マルスは魔法弾を放ち、バルカンに命中させた。

「し、しまった――」

さらにバルカンは何度か魔法弾を放つが、いずれもマルスを捉えられず、あさっての場所に着弾する。

対するマルスはその隙をついて【魔弾】を放ち、またもや命中させた。

これで二対二の同点だ。

次の一撃を当てた方が勝利である。

「どういうこと……？」

ローゼが眉を寄せる。

「単なるコントロールミスじゃない。バルカンは何かをされている……」

つぶやきつつ周囲を見回し、さらにマルスを見つめる。

そして俺にも視線を向けた。

「……！」

にらむような視線で、明らかに俺を疑っている。

バルカンに攻撃魔法のコントロールミスを誘発させる――そんな高等魔術をマルスが使えるはずがない、と踏んでいるのだ。

実際、その読みは大体当たっている。

俺は、バルカンの認識を阻害《そがい》する魔法を使っていた。

奴のコントロールが微妙に外れるように――奴の『距離感』を少しだけ変えてあるのだ。

だから、普通に撃てばマルスから少し外れた場所に着弾する。

とはいえ、この【認識阻害】は俺の固有魔法だった。

ゲーム内でこれを使えるのはレイヴンだけ。たぶん他の連中はこの魔法の存在すら知らないだろう。

そう思って試しに使ってみたけど、やっぱり誰も気づいていない。

ちなみにこの【認識阻害】は修行中にいきなり目覚めた。固有魔法に関しては修行で身につけるというより、突然『覚醒』して習得することが多く、俺もそのパターンだったようだ。

どんっ！

やがて最後の一発をマルスが当てて、バルカンの敗北が決まった。

バルカンの方は最後まであさっての場所に攻撃を撃ち続けていた――。


「か、勝った――」

マルスが呆然と立っていた。

一方のバルカンもまた呆然自失《じしつ》だ。

「負けた……この俺が……」

がくりとその場に崩れ落ちる。

【認識阻害】は発動や使用回数の条件がかなり厳しく、乱発はできないんだけど、上手《うま》くハマればこの通り――非常に効果的だ。

「ち、ちょっと待って！　こんなのおかしいわ！」

抗議したのはバルカンの双子の姉、ローゼ。

「実力ではバルカンがはるかに上！　こんな奴に弟が負けるはずがないのよ！」

キッとマルスを、そして俺をにらむ。

「君が何かしたんでしょう、レイヴン！」

「なんの話だ？」

俺はすっとぼけてみせた。

「バルカンが弱体化するような魔法を何か使ったんでしょ！　分かってるんだから！」

「仮に俺が何かをしたとして、一体どんな魔法を使ったというんだ？」

俺はニヤリと笑った。

彼女たちにとって未知の魔法である【認識阻害】を使っているんだ。バレるはずがない。

「た、たとえば、防御魔法で彼を守っていたとか……」

自信なさげにつぶやくローゼ。

「俺が防御魔法を発動するところを見たのか、君は」

「み、見てないけど……」

ローゼがうつむく。

「そもそも俺が何かの魔法を使うところ自体、君は見ていないだろう？　君が言っているのは単なる妄想だよ」

俺は淡々と諭《さと》した。

「それともう一つ言っておく。バルカンがマルスに負けるはずがない。実力では彼の方が上だから――という君の主張は間違っている」

「なんですって……？」

「実力が勝っている方が勝つんじゃない。勝った方が――勝利という事実こそが実力の証明なんだ」

「っ……！」

ローゼが言葉を失う。

実際、結果を出したのはマルスだ。その結果の前に、負けた方が何を言っても言い訳になる。

「お、覚えてろ……っ！」

バルカンが吐き捨てた。

「ああ、ちょっと待て、バルカン」

俺はそんな彼を見据えた。

「君とマルスは正々堂々の勝負をして、君が負けた。だからこの件はこれで終わりだ。遺恨なんて残らない、ちゃんとした勝負だった。そうだよな？」

「レイヴン――」

「もし仮に、今後の学園生活で君やローゼがマルスに何かをするなら……遺恨を残すなら、そのときは俺も間に入らせてもらう」

「レイヴンくん……？」

マルスが驚いたように俺を見つめる。

「言ったろ。君は俺が守る、って」

俺はマルスにニヤリと笑った。

「友の危機は俺の危機。必ず守る」


ローゼとバルカン、そしてその取り巻きは去っていった。

姉弟はかなり悔しそうに俺を何度もにらんでいたが――。

「ありがとう、レイヴンくん」

マルスが俺に礼を言った。

「最初にバルカンくんに絡まれたときは、正直言って怖かったんだ。君が一緒についてきてくれてよかった」

「役に立てたならよかったよ」

「それはもう！　僕一人じゃ怖がって、何もできなかったと思う。ただの臆病者だからね、僕は……」

根はネガティブなんだな、こいつ。

「何もできないなんてことはないだろう」

俺はマルスに言った。

「君は俺の陰に隠れていることもできた。でも、それをせずにバルカンに立ち向かった。勇気がある証拠だよ」

「レイヴンくん……」

「君が成し遂げたんだ。胸を張れよ」

俺はにっこり笑った。

「ありがとう……君にそう言ってもらえると、なんだか勇気が湧《わ》いてくるようだよ」

マルスは目をウルウルさせ、感激しているようだった。

「何度も礼を言わなくていいよ。友だちだろ」

俺はニヤリとする。

「友だち……」

「ああ」

俺はマルスに手を差し出す。

「友だちになろう」

「よ、喜んで……っ！」

マルスは俺の手を握り、さらに目を潤《うる》ませた。

こうして――。

俺は、将来俺を殺すであろう相手と友人になることに成功した。

それによって運命が変わるのか。

変わらず、俺は死ぬのか。

先行きはまだ分からないけれど、まず第一歩を踏み出せたぞ。

*

「……というわけで、マルスと友だちになったんだ」

学校が終わり、自宅に帰る途中、俺はキサラに今日のことを話した。

ちなみに帰り道は俺とキサラ、マチルダの三人一緒で、マチルダは分かれ道のところで馬車に乗り、自宅に帰っていったので、今はキサラと二人で歩いている。

マチルダみたいに馬車で帰ることもできるんだけど、そこまで遠い距離じゃないから俺はキサラと一緒に徒歩で通うことにしていた。

「まあ、レイヴン様にお友だちが！　よかったです！」

キサラはすごく喜んでくれた。

「私……レイヴン様にはお友だちなんて誰一人できないんじゃないかと心配していたんですよ」

「そ、そうなの？」

「あ、いえ、昔のレイヴン様はともかく、今のレイヴン様ならお友だちができても不思議じゃないですね、えへへ」

地味に昔のレイヴン――要は俺の意識が芽生える前の『悪役』レイヴン――をディスってるな、キサラ……。

まあ、それは無理もないか。

もともとのレイヴンは傲岸不遜《ごうがんふそん》にして冷酷非情《れいこくひじょう》。友だちができるようなタイプじゃない。その絶対的な実力と才能で周りを黙らせ、従えるような暴君キャラだからな。ゲームの主人公マルスもそんなレイヴンに反発し、やがて敵対していくんだけど――。

俺はもちろん、そんな道は歩まない。

「楽しい学園生活になるといいですね」

「ああ。マルスがいるし、もちろんキサラもいるし」

「えっ、わ、私ですか……!?」

キサラが驚いたように目を丸くした。

「キサラと一緒に学園に通えて嬉しいよ」

「っ……！」

彼女はますます目を丸くした。

「こ、こ、光栄……です……」

か細い声でつぶやく。

狐耳《きつねみみ》がぴょこぴょこと落ち着きなく動いていた。

「キサラ……？」

「私も……レイヴン様と一緒に学園に通えて、幸せです……」

言って、はにかんだ笑みを浮かべる。

その可愛《かわい》らしさに、俺は一瞬息を止めた。

やっぱり、可愛いな――。

＊

「～～～～～～～～～～～～～！」

レイヴンと別れ、自室に戻ったキサラは枕に顔をうずめた。

『キサラと一緒に学園に通えて嬉しいよ』

先ほどのレイヴンの言葉を脳内で繰り返す。

何度も、何度も。

「うふふふ……ふふふふふ……」

自然と笑みがこぼれた。

レイヴンの前であからさまにニヤけるわけにはいかないので、一人になるまでずっと我慢していたのだが、自室では遠慮する必要はない。

「あのころと比べたら……夢みたい」

はふ、と甘いため息をもらした。

――キサラはもともと狐の獣人の集落で暮らしていた。が、とある戦争の巻き添えで幼いころに故郷を追われ、やがて奴隷商人に捕らわれ、ドラクセル家に買われた。

そこからは使用人として仕える日々だった。

自分の意思で何一つ決められない、他人に使われるだけの人生。

道具としての、人生。

だが、レイヴンに出会って変わった。

正確には、彼が心を入れ替え（?）、魔法の修行に励《はげ》むようになってからだ。

それまでは傲慢《ごうまん》で、暴力的で、他者を虐《しいた》げてばかりのレイヴンが苦手だった。彼女に対してパワハラやセクハラといった真似《まね》はしなかったものの、ひたすら冷淡だった。

『お前はただの道具だ』と言い放ち、彼女を……いや、使用人全員を人間として見ていなかったのだと思う。

けれど、ある日を境にレイヴンは変わった。

まさに『人が変わった』のだ。

彼女が魔術結社【夜天《やてん》の棺《ひつぎ》】にさらわれたときは、体を張って救出に来てくれた。

『キサラは俺の家族だ！』と言い放ち、彼らと戦ってくれた。

今の彼は自分を一人の人間として接してくれている。

そんなレイヴンに対して、キサラは急速に親しみを覚えるようになった。

そしてその気持ちは緩やかに、確実に、恋心へと変わっていくのを、彼女は自覚していた。

レイヴンともっと一緒にいたい。

レイヴンと屋敷以外の場所でも一緒に過ごしたい。

だから彼と同じ学園に通いたい。

(私は……レイヴン様が好き)

もちろん身分の違いは承知しているし、決して表には出せない気持ちだった。

自分の胸の中だけに秘めておくつもりだ。

そもそも彼には婚約者がいるのだから、自分が割って入る余地などない。

ただ、それでも――。

いずれこの日々が終わるとしても、今だけは彼と一緒にいたい。

＊

翌朝――。

「ごきげんよう、レイヴン、キサラ」

「おはよう、マチルダ」

「おはようございます、マチルダ様」

俺とキサラは家から一緒に通い、通学路でマチルダに出会った。

「あ、あの、私はお邪魔ではないでしょうか……」

キサラが遠慮がちに言って、俺たちから離れようとする。

「いや、なんで邪魔なんだよ？」

「あたしたちに遠慮しないでよ、キサラ」

俺とマチルダが同時に言った。

「そもそも婚約者っていっても形式的なものだし。別に恋人同士とかじゃないもんな、マチルダ」

「………………えっ？」

なんだ、その間《ま》は？　そもそも、どっちかというとマチルダの方が俺に対して冷めた気持ちを持ってるんじゃなかったっけ？

っていうか、ゲーム内だと君はマルスにデレるんだぞ。

「レイヴンの鈍感」

なぜかマチルダにジト目で見られた。

「昔と違って今は……あたしは……」

ポツリとつぶやく。

「もっとマチルダ様を気遣うべきですよ、もう」

なぜかキサラにまでジト目で見られた。

「……じゃないと私、諦められないじゃないですか……」

こちらもポツリとつぶやく。

二人ともどういう意味だ……？

と、

「おはよう、レイヴンくん」

遠慮がちに声をかけてきたのはマルスだった。

「おはよう、マルス」

俺は振り返って挨拶を返し、

「なあ、俺って鈍感じゃないよな？」

「えっ？　えっ？」

マルスは戸惑った様子だ。

「ま、まあ……よく分からないけど、鈍感じゃないんじゃないかな？　昨日も僕を気遣って助けてくれたわけだし……」

「おお、心の友よ」

俺はマルスの両手をがっしり握った。

俺を理解してくれるのはお前だけだ。

「……そういう意味の鈍感とは違うんですけどね」

「だよね」

キサラとマチルダは呆れたような態度で顔を見合わせている。

なんなんだ、一体――。

＊

「諸君の実技を主に担当するレナ・アーシュレイだ。よろしく」

教官が壇上から挨拶をした。

二〇代半ばくらいの美人だ。

ツインテールにした青い髪に、勝ち気そうな容姿もゲームそのままで感動すら覚える。彼女はゲーム中、屈指の強キャラであり、ファンも多い。

っていうか、俺も戦闘でレナをよく使ってたなぁ……懐かしい。

「なんだ？　何か言いたげだな、レイヴン・ドラクセル」

と、レナ教官が俺を見つめた。

「いえ、その……強そうだなぁ、って」

適当な返しを思いつかず、俺はそんな返答をしてしまった。

……『強そう』って。

もうちょっとマシな返答はないのか、俺。

「……ほう？」

レナ教官の目つきが変わった。

ギラリとした眼光を俺に向ける。

「まず強さで相手を判断する――私と似ているな、貴様」

「えっ？」

「確か入試の成績はトップだったな。なるほど、いい魔力をまとっているし、何よりも目つきがいい。『戦士』の目だ」

なぜか気に入られてしまったようだ。

「貴様を鍛えるのは、なかなか楽しそうだ」

レナ教官がニヤリと笑う。

どうぞお手柔らかに……。

俺は内心でつぶやいたのだった。


二限目はさっそく実技の授業だった。

「各自の入試の成績は見せてもらっているが、やはり実際に魔法を使うところを見てみたい。今日は全員に攻撃魔法、防御魔法をそれぞれ使ってもらう」

レナ教官が言った。

俺たちが集められているのは、魔法修練場。

その中でも、ここは生徒の魔力や魔法の攻撃力など様々な数値をデータ化できる部屋だった。

壁の左右には魔導機械らしきものがビッシリと置かれていて、ファンタジーというより科学の実験室みたいな雰囲気になっている。

「順番はランダムだ。最初は——マチルダ・テオドール」

「はい！」

元気よく答えて進み出るマチルダ。

「向こう側に的が見えるだろう。そこに向かって、自分が一番得意な——もっとも高威力の攻撃魔法を撃ってみろ。その威力を元に、術者の『魔力』が数値化される」

「つまり——このクラスの生徒の魔力が全部数値化されるわけですね？」

「そういうことだ。当然、貴様らの間での序列もできるだろう。魔術師としての実力は、魔力の大きさがすべてではない。だが重要な要素だ」

「では、全力でいきます」

「当然だ」

マチルダの言葉にレナ教官が促す。

「全身全霊《ぜんしんぜんれい》を懸《か》けろ」

その後も、次々に生徒たちが攻撃魔法を放っていった。

マチルダの次はローゼ、しばらく順番が飛んでキサラ、さらにバルカン、また順番が飛んでマルス——。

俺は、クラス内で最後だった。

「うっ、みんなが見てる」

俺が進み出ると、クラス全員の視線を感じた。

「当然だろう。貴様は入試で一位の成績を叩きだした。現時点でこの学年のナンバーワンなのだから」

レナ教官が薄く笑う。

ちなみに入試のときは結構加減してやっていた。筆記試験はともかく実技試験は教官相手の模擬戦だったので、本気でやると相手に怪我《けが》をさせてしまうかもしれない、と心配だったからだ。

だから、この学園の誰も俺の『全力』を知らない。

「当然ナンバーワンにふさわしい数値を出さなければ、舐《な》められるぞ」

「プレッシャーかけてきますね……」

「なんだ？　この程度のプレッシャーに負けるタマか、貴様は？」

レナ教官はにこやかな笑顔で言ったた。

「っていうか、めちゃくちゃ楽しんでませんか？」

「本音《ほんね》を言うと楽しいぞ。毎年これをやっているが、生徒たちの緊張を感じたり、序列が決まっていく瞬間を見るのは本当に楽しめる。くくく」

「まったく……」

苦笑しつつ、俺は気合いを入れ直した。


じゃあ、いっちょ——今の俺の『全力』をぶちかましてみるか。


「はあああああああああ……！」

俺は魔力を込めていく。格闘漫画なんかでよく見かけるオーラを高める的な絵柄だ。

先生は得意な魔法を撃て、って言ってたな。

「得意な攻撃魔法は色々あるんだけど……とりあえず、『アレ』いってみるか」

かつて高位魔族バームゲイルを倒した一撃。

しゅうううううんっ。

俺の全身の魔力が両手に収束する。

そして、火炎を放つ。

「【バニッシュフレア】！」

飛び出した炎は赤から青へと変化した。

「な、なんだと、これほどのランクの魔法をあっさりと——!?」

レナ教官が驚くのが分かった。

クラス全員が息を呑《の》んでいるのも分かった。

そんな中、青い火球は突き進んでいき、的に命中し――、
ずおおお……んっ！

大爆発を起こした。

「おっと――【シールド】！」

いちおう結界を張っておく。この施設自体が防御結界で何重にも安全対策されているんだけど、念のためだ。

「ん……？」

押し寄せた破壊エネルギーの余波は、俺がとっさに張った【シールド】に弾き返された。

見れば、的が粉々になっている。

「あ……壊しちゃったか」

俺が苦笑した次の瞬間、

「えええええええええええええっ⁉」

「う、うそぉぉぉぉぉぉぉぉぉぉぉっ⁉」

「いやいやいや、あり得ないでしょ……」

クラスの生徒たちがいっせいに驚きの声を上げた。

「な、な、な……」

レナ教官は口をポカンとして俺を見つめている。クールビューティらしからぬ唖然《あぜん》とした表情だ。

「魔力計測……不可能だと……⁉」

マチルダやキサラをはじめとする他の生徒たちの魔力数値が軒並《のきな》み『500』から『800』くらいまでの数値を示している中、俺の数値は『9999』になっていた。

つまり、少なくともこの数字を超える魔力を、俺は有しているということだ。


結局、俺は予備の的を使って、魔力測定をやり直すことになった。

さっきよりもかなり頑丈な構造で、魔族と戦えるような英雄クラスの魔術師が使っても壊れないらしい。

「さすがにこれは大丈夫だと思うが……今度は壊すなよ、頼むぞ」

レナ教官に念を押された。

「測定器は高いからな」

「あ……俺の実家に頼んでみます……弁償」

俺はバツの悪い気持ちで答えた。

うーん……ドラクセル伯爵家は大貴族のはずだから、ちょっとくらい頼んでも大丈夫だろう。

すまん、父さん、母さん。

俺は心の中で謝っておく。

「よし、仕切り直しだ」

俺はふたたび魔力を高め、解放した。

「【魔弾】！」

今度はオーソドックスな魔力弾だ。ちなみにこれはマルスの得意魔法らしい。

突き進んだ青白いエネルギー弾が的に命中する。

ぐごおおおおおおおおおおおおおおおおおおおんっ！

「す、すごい爆音がしたぞ……？」

めちゃくちゃ手加減したんだけど……。

俺はあらためて的を見つめた。

「あ……」

的が真っ黒に焼け焦げ、大きく歪《ゆが》んでいた。

「これでも耐えきれずに壊れるのか⁉　貴様の魔力値はどこまで――」

レナ教官は呆然とした顔だった。

「これはもう『測定不能』としか言えないな」

と、ため息をつく。

通常の魔術師の魔力は『３００』程度。優秀な魔術師で『５００』くらい。そして『７０
０』を超えると天才の部類だと言われている。

まれにその範囲を超え、魔族とすら互角以上に戦うことができる魔力値数千の英雄クラスが
現れるが……それはあくまでも例外中の例外といったところだ。

そんな英雄クラスでも壊せない測定器を、俺は壊してしまったわけで――もはやその魔力を

測ることはできない、ということだろう。

＊

昼休みになり、俺はキサラやマチルダと一緒に学生食堂にいた。

ちなみに、この食堂は安くてボリュームもあり、メニューも豊富、そしてめちゃくちゃ美味《おい》しい。控えめに言って神だ。

「すごいです、レイヴン様……」

キサラが俺に話しかけてきた。

「魔力測定不可能って……聞いたことないわよ、そんなの。完全に化け物じゃない」

マチルダが苦笑する。

現在、俺は右にマチルダ、左にキサラ……と美少女二人に挟まれた状態で昼食をとっている。

まさしく両手に花だ。

「……ところで『魔王アーヴィス』が人間界に攻めてくる、っていう噂を知ってるか？」

周囲には他の生徒もいるので、俺は声を潜めて二人にたずねた。

「えっ、何ですかそれ？」

「魔王が攻めてくる、って随分と物騒な噂ね」

二人はキョトンとしていた。

前世の俺の記憶では、このゲームのストーリーは二部構成になっている。

第一部は魔法学園編、つまり俺が今経験している学園生活がメインストーリーだ。主人公のマルスはここで様々なキャラクターに出会いながら、己の魔法能力を磨いていく。

そして第二部。これは魔法学園を卒業した後の冒険ストーリーで、魔王軍との戦いがメインとなっている。

ちなみに、その魔王軍の中枢《ちゆうすう》にいる人間がレイヴン・ドラクセル――つまり俺だ。

ゲーム内のレイヴンは魔王軍に与《くみ》して人間世界全体に戦いを挑むのである。

その戦いの中、主人公のマルスと戦い、敗れて死亡するんだけど――。

もちろん、俺はその未来を回避するつもりでいる。

で、当面の目標は『主人公のマルスと敵対しないこと』であり、俺はそのために彼と友人になった。

今のところ関係は良好だから、破滅ルート回避のために順調に進んでいると言えるだろう。

だけど、まだまだ安心はできない。俺は、それ以外にも自分が破滅しない方策を色々と考えていた。

たとえば、俺が魔王を倒してしまえば、俺自身の『破滅の運命』を逃れられるのか？

つまりゲーム内では魔王軍に与する俺が、この世界では魔王軍と敵対し、主人公と一緒に戦うわけだ。

これに関しては上手くいくかもしれないけど、リスクも相応にある。

なぜなら、ゲーム内のレイヴンは魔王に精神を操《あやつ》られているのである。一種の洗脳状態だ。

だから、俺が魔王に立ち向かった場合、洗脳を受ける恐れがある。

それを回避できるかどうかは分からない。仮にも相手は魔王だからな。

で、回避できなければ、俺は自分の意思に反して人類に敵対し、世界侵略戦争に加担する『悪役』となる――。

そのため、現時点で俺が考えている最善手は、

・主人公とは敵対せず、友人関係を続ける。
・魔王軍が攻めてきた場合、主人公たちに戦ってもらい、俺は後方支援に徹する。

つまり――魔王との直接接触は絶対に避け、なおかつ主人公と敵対関係にもならないルートを行く。魔王との戦いは、できれば俺も協力したいけど、それは『洗脳を絶対に避けられる』方法を確立できたら、という但《ただ》し書《が》きがつく。

現状では後方支援に徹するつもりだった。

「ここ、いいかしら?」

突然、前方から声をかけられた。

俺たちの前に一人の女子生徒が立っている。

緑色の髪を長く伸ばした少女。口元にたたえた笑みは勝ち気そうで、どこか小悪魔的な印象

を受ける。

「君は――」

「レスティア・ダークロアよ。初めまして」

彼女が微笑む。

レスティア……か。

聞き覚えのない名前に、見覚えのない顔。少なくともゲーム内で名前付き《ネームド》のキャラとして出てきてはいないはずだ。

要はモブなんだろう。

ただ、モブとは思えないほどの、印象的な美貌《びぼう》だ。それこそメインキャラを張れるくらいの――。

「あ、ああ、どうぞ」

左右にはキサラとマチルダが座っているけど、対面の席は空いている。

「どうも」

会釈《えしゃく》してレスティアが俺の向かいの席に腰かけた。

定食ののったトレイを机に置き、俺を見つめる。

……？　食べないんだろうか？

と不思議に思っていると、

「魔王に興味あるんだ？」

レスティアが、にいっ、と口角を吊《つ》り上《あ》げて笑った。

「えっ？」

「聞こえたのよ。魔王の話をしていたでしょ」

「い、いや、それは単なる世間話だから……」

魔王に興味がある、なんて外聞《がいぶん》のいい話じゃない。

「ふうん。あたしは興味あるけどな」

レスティアが微笑む。

「それと――君自身にも。すごーく興味ある」

「えっ」


「だって、あたしは魔王の化身だから」


「なっ……」

俺は絶句した。

今、この子はなんて言った……⁉

「魔王の――化身……⁉」

がたっ。

キサラとマチルダが同時に立ち上がり、俺を守るように一歩前に出た。

俺はそれを制して、彼女たちのさらに前へ――、

「なーんて、ね。冗談よ、冗談」

レスティアが笑った。

「まさか本気にするなんて思わなかったわ。ごめんごめん」

パチンとウインクをしながら謝るレスティア。

なんだ冗談か。

……と、俺は即座に納得したわけじゃなかった。

あらためてレスティアを見つめた。

類《たぐ》いまれな美少女という点を除けば、普通の人間にしか見えない。実際、彼女も『自分が魔王の化身だ』というのは冗談だと言っていた。

そもそもゲーム内に登場する魔王の名前は『アーヴィス』だし、青年の姿をしている。

……単に『レスティア』というのが仮の名前で、女子生徒の外見も仮の姿という可能性はあるが。

けれど、それはそれとして――どうも引っかかる。

だって、俺はこの世界における『悪役』だから。いずれ魔王軍の中枢に行く運命を持つ存在だから。

なら俺に――魔王に深く関係する存在が接触してきても不思議じゃない。

むしろ、遠からず接触してくるはずだと思っている。

ゲーム通りなら三年後に始まる『魔王大戦』に向けて……今この瞬間にも、魔王の勢力が俺に近づいているかもしれないんだ。

「あら？　さっきからあたしをジロジロ見ちゃって。もしかして一目惚《ひとめぼ》れでもした？」

「レイヴン様に対して失礼ではありませんか！」

キサラが俺とレスティアの間に割って入った。彼女にしては珍しく怒ったような態度だ。

「キサラ……？」

「ヤキモチ焼いちゃった？　可愛い」

「ヤ、ヤキモチだなんて、そ、そんな……」

たちまちキサラの顔が赤くなる。

「私とレイヴン様は主従ですので……あの身分差というか、それに婚約されてますし、私なんかが振り向いてもらえるわけないというか、だから、あのその……」

急にモジモジし始める。

どうしたんだ、キサラ……？

「ふふ、そういうところも可愛い。主従萌《も》えね」

レスティアが笑みを深くした。

「ま、今日のところは挨拶だけでいいわ。あたしのこと、覚えておいてね。レイヴンくん。これから仲良くしましょ？」

パチンとウインクをするレスティア。

「じゃあ、あたしはこれで。またね」

ついでに投げキスまでして去っていく。

なんだったんだ、一体――。

「何よあいつ。初対面でレイヴンに馴《な》れ馴《な》れしくして……」

なぜかマチルダまで怒っていた。

今日は二人ともなぜか怒りっぽいぞ……？

＊

レスティアは一人、学園の中庭を進んでいた。彼女は暇さえあれば学園内を散策しているのだ。

いや『偵察』というべきか。

周囲を見回しつつ、先ほど会ったレイヴンのことを思い返す。

「なるほど、あれが人間側の『規格外《きかくがい》』……か」

レスティアの口元に微笑みが浮かんだ。

「ぜひ我が軍に欲しい逸材《いつざい》ね」

魔力測定の授業の際にも見たが、とにかく驚くべき魔力だ。高位魔族すら圧倒的に凌駕《りょうが》しているだろう。

とても人間だとは信じられないほどだった。

「本来なら三年後に控えた魔王大戦——少し早めようかしら、ふふ」

レスティアの笑みが深くなる。

魔王自らが軍を率いて、人間界に挑む決戦——いずれは『魔王大戦』と呼ばれるであろうその戦いを、彼女は心待ちにしていた。

ただ、そのためには戦力が必要だ。

魔族が人間より高い魔力を持っているとはいえ、なにしろ絶対数が少ない。

そして人間は……特に一部の優れた魔術師は侮《あなど》れない存在だった。

「人間側からスカウトしたいものね。レイヴンと——そして、もう一人の『規格外』」

彼女が目を付けているのは、もう一人いる。

「彼とマルス・ボードウィン……二人がそろえば、我が魔王軍は無敵となる」

その目が妖《あや》しく輝いた。

＊

「おはよう、レイヴンくん」

「ねえ、レイヴンくん。昨日の課題やってきた？」

「ねえねえ、レイヴンくん、よかったら今日の昼はあたしたちと一緒に食べない？」

翌日——俺は教室に入るなり、複数の女子生徒から代わる代わる話しかけられた。

入学以来、俺には女子生徒たちが次々に群がってくる。はっきり言ってモテモテだった。

……まあ、レイヴン・ドラクセルは大貴族の家柄《いえがら》なうえに美少年だし、この間の測定で他をぶっちぎる魔力の片鱗を見せてしまったし、女子たちの反応もうなずけるところだ。

……まあ悪い気はしないんだけど、ちょっと戸惑っているのが本音だった。

前世でこんなにモテたことがないからな……。

「ふうん、鼻の下伸ばしちゃって」

「よかったですね、モテモテで」

と、マチルダとキサラがやってきた。

あ、あれ？　二人ともまた怒ってない？

「昨日はレスティアと話してたときに怒ってたし……」

「別に怒ってないけど～？　あたし、ヤキモチなんて焼いてないし」

「いや、絶対怒ってるだろ……」

「私も怒ってませんよ、うふふふ……！」

「目が笑ってない……」

俺は二人から感じる無形《むけい》の圧に、完全に気圧されていた。

「あらあら、こういうとき『正妻』ならドンと構えるものよ」

さらにレスティアがやってきた。

……なんか、この子まで来るとややこしくなりそうなんだが。

「あたしのレイヴンくんがモテモテで誇らしいわ」

「だ、誰があんたのレイヴンよ！」

「レイヴン様はあなたのものではありません！」

マチルダとキサラが同時に叫んだ。

「あ、ははは、俺……自分の席に行くから。じゃあな……」

女同士のバトルにこれ以上巻きこまれまいと、俺は自席に移動した。

「おはよう、マルス」

一つ前の席に座っているマルスに挨拶をする。

「おはよう、レイヴンくん」

マルスは爽やかに挨拶を返してくれた。

「大変みたいだね」

「まったくだ……」

「まあ、色々と目立ってるからね、君は」

マルスが微苦笑した。

「今までこんなふうに騒がれたことがないから苦手だ、この空気……」

俺はため息をついた。

「君と話しているときはホッとするよ」

「僕でよければ、いつでも話し相手になるよ」

マルスがにっこり笑った。なんだか癒《い》やされる。

そのとき――ふと思った。

俺とマルスの関係性ってなんなんだろう。

俺はただ、自分が生き残るためにマルスと仲良くしているだけだ――。

そう言い聞かせつつも、純粋にこいつと一緒にいると楽しさを感じている自分を発見する。

考えてみれば、前世でも俺は学生時代にこういう友人がいなかったな。そもそも、ちゃんとした友だちが一人もいなかったんだ。

だから、楽しい。

もちろんキサラやマチルダと一緒にいるのも楽しいけど、それとは違う同性の友人はまた違う楽しさがあるんだ。

叶《かな》うなら、破滅の運命とかそういうことを気にせず、ただマルスと友人として一緒に過ごしていきたい。

そう、思ったんだ。


昼休み、俺はマチルダやキサラと一緒に昼食をとっていた。

「学内トーナメント?」

「そ。夏から秋にかけて行われる全学年対抗のビッグイベントよ!」

マチルダの言葉に熱がこもる。

「ここで好成績を残せば、一気に学内ランキング急上昇よ！」

「気合い入ってるなぁ」

「当然でしょ。あたしはトーナメントで勝ちまくって、学園の女帝と呼ばれてみせる！」

マチルダの目が燃えていた。

「勝ちまくって、か……でも、上級生で強い人たちがいるんじゃないのか？」

「もちろんいるわよ。負けるつもりはないけど！」

マチルダが元気よくうなずいた。

「あ、強い人たちの情報を聞きたい？　聞きたいよね？　ふふん、いいでしょう。このマチルダさんが二人にだけ特別に教えてあげましょうか！　心して聞きなさいよ！　ふふん！」

「キャラ変わってないか、マチルダ……？」

俺はジト目で彼女を見つめた。

あ、でもゲームのマチルダって勝負になると燃えるタイプだったはずだから、これくらいのテンションはキャラ通りかもしれないな。

ともあれ、ゲームのシナリオ通り、次は『学内トーナメント編』に移りそうだった。

『学内トーナメント編』のシナリオの概要はこうだ。

主人公マルスが数々の強敵と当たりながらもこれに勝利し、その過程でヒロインたちとの仲を深めていく。

一方で傲岸不遜な一年生レイヴン――ゲーム内の俺だ――は、圧倒的な強さで勝ち進んでいくが、手加減を一切しないスタイルのため、多くの生徒が重傷を負う。

それを意に介さずレイヴンは決勝に進出する。

主人公マルスの友人やヒロインも負傷し、怒りに燃える彼は決勝でレイヴンと死闘を繰り広げ、その戦いの中で秘められた力が覚醒する。

そして、ついにレイヴンを撃破し、学内最強の座をつかみ取る――。

敗れたレイヴンは闇堕《やみお》ちし、魔王と手を組むことを画策したり、ルート分岐で王国での謀反《むほん》を企《くわだ》てたり……と、何種類かの悪役ムーブをするんだけど、最終的には死ぬ。

「やっぱり、マルスが覚醒するとまずいよなぁ……」

俺はゲーム本編とは違い、努力を重ねて圧倒的な力を手に入れた。

とはいえ、やはりマルスは『主人公』だ。仮に彼と戦う羽目になったとき、その戦いがどんな展開を迎えるかは予想がつかない。彼には弱いままでいてもらった方が、いずれ俺が殺される可能性は低くなるはずだ。

実際、そう思って彼の覚醒イベントの一つである『高位魔族バームゲイルとの戦い』に関しては、俺が事前にバームゲイルを殺すことで、イベントの発生自体を潰した。

けれど、他にもマルスの覚醒イベントは複数存在する。

そのすべてを事前に潰すのか、あるいは――。

「単純に覚醒イベントを全部なくせばいいわけでもないよな……」

いずれ『魔王大戦』が起こるであろうことを考えると、そのときに人類側の切り札となるマルスが弱いままでは、魔王軍に人類が滅ぼされかねない。

もちろん人類側の強者はマルスだけじゃないから、彼が弱いまま成長しないルートをたどったとしても、他の強者たちを俺が後方から強力にバックアップすれば、魔王軍に対抗することは可能だろう。

ただし、それも絶対じゃない。

マルスが覚醒しないことによって人類敗北&全滅——このルートをたどると、俺自身の破滅エンドを免《まぬか》れても、結局は同じことだ。

「うーん……悩ましいな」

あちらを立てれば、こちらを立たず。

「やっぱり魔王の脅威を排除することを第一に考えると、マルスに覚醒してもらうか……ううん」

本当に悩ましい。

第五章　学内トーナメント開幕

　マチルダが、引き続き俺とキサラに学園トーナメントについて説明していた。

「もう知ってるでしょうけど、おさらいね。この学園において最強と呼ばれる生徒が四人いるわ。魔法学園四天王ね」

「そのまんまのネーミングだよな」

「はい、茶々《ちゃちゃ》入れない！」

　ツッコんだ俺に、マチルダがツッコみ返した。

　気合いが入ってるな、マチルダ……！

「お、おう」

「で、まずは四天王筆頭にして学内ランキング一位。『帝王』ブライ・ザック。爆裂系魔法を得意とする三年生よ」

　マチルダが言った。

「続いて学内ランキング二位、『雷光姫』アリサ・ディルブレイク。同三位、『魔剣士』ファービィ・エッジ。同四位、『白銀結界』ラーミア・シェル。この三人も四天王よ」

「その四人が注目選手か」

「まだまだ。他にも三〇人くらいいるわよ」

「いや、そんなにいても覚えきれないし……」

俺は苦笑した。

「優勝するためには全員倒せばいいんだろ？」

苦笑を微笑に変え、俺はマチルダに言った。

「自信満々ね。あんたは計測不能になるほど魔力が大きいわけだし、優勝候補の一人でしょうけど、実戦はまた別物よ？」

「実戦経験という意味では一年生は、上級生と比べて分が悪いですからね。私も全力は尽くしますが、さすがに上位に行くのは厳しいと覚悟しています」

キサラのコメントは彼女らしく控えめだ。

「ただ学内最高峰の選手たちと戦えれば、貴重な経験を積めると考えています。その先に、私自身がもっと強くなる道も見えてくるはず――」

「あたしも同じ考えよ」

マチルダがうなずいた。

「さすがに入学したてのあたしたちと、この学園で学んできている上級生との差は大きいはずだからね。とはいえ、あたしは上位を目指すわよ」

「私も精一杯頑張ります」

二人は張り切っているようだ。

「トーナメントは七月から始まるんだっけ？　俺は優勝してみせるよ」

俺は淡々と宣言した。

別にうぬぼれているわけじゃないし、傲慢《ごうまん》になっているわけでもない。

高位魔族すら問題にしない俺が、いくら優秀とはいえ学園の生徒クラスに負けるはずがない、と考えているだけだ。

何よりも、こんなところで誰かに負けていては、いずれ迎えるかもしれない主人公マルスとの戦いで勝てるわけがない。

もちろん『彼と友人になって敵対しないルート』が最善ではある。けれど、そのルートを確実にたどれる保証なんてないんだ。いつかマルスと戦う運命になった場合も考え、備えなきゃいけない。

だから、俺は誰よりもブッチギリで強くなるんだ。

「その道は誰にも途切れさせない」

力を込めて、告げる。

「うー……まあ、あんたには勝てないか」

「でもレイヴン様と対戦できたら光栄です」

眉を寄せるマチルダと微笑《ほほえ》むキサラ。

と、そのときだった。

「はっ、一年の分際で『優勝してみせる』だと。舐《な》めんな」

嘲笑《ちょうしょう》交じりに一人の男子生徒が歩いてきた。

金髪にツンツン頭、三白眼《さんぱくがん》にピアス。優等生っぽい生徒が多い中では異色の、まるでヤンキー漫画に出てきそうな風貌《ふうぼう》をしている。

「とんでもない魔力を持つ一年が入ってきたって噂《うわさ》だが、お前のことか？　まあ、どうせ話が大げさに伝わってるだけだろうけどな」

と、俺をにらみつけた。

「この俺のことは当然知ってるよなぁ？　あん？」

「ブライ・ザック……！」

そう、彼は学園最強の『帝王』と呼ばれる生徒だ。

学園ランキング一位のブライ・ザック――第一部の『魔法学園編』ではラスボス級の強さを誇る強キャラである。

俺はあらためて彼……ブライさんを見た。

いかにもケンカが強そうな風貌ではあるけど、魔術師にとって腕っぷしの強さは二の次だ。

問題は、魔力の大きさ。

「うーん……他の生徒よりはさすがに強そうだけど、そこまで大した魔力じゃないな」

「あ?」

ブライさんにギロリとにらまれた。

……あ、しまった、口に出してしまった。

まあ、いいか。こうやっていちいち威圧的な態度を取ってくる奴《やつ》は、どうにも気に入らない。

「この俺が大したことがない、だと? 一年坊主が言ってくれるじゃねーか……!」

ブライさんは怒り心頭といった様子だ。

「さっきから威圧的ですね、先輩」

俺は彼の怒りを正面から受け止めた。

正直、こういう偉そうな手合いは嫌いだ。というか、ヤンキーが嫌いだ。前世でこの手の連中に嫌な目に遭わされた経験があるからな……。

「ああ?」

また威圧された。

「ひいい……」

キサラがおびえた声を出した。

「……友人が怖がっています。それくらいにしてもらえますか、先輩」

俺は立ち上がった。

キサラがこれ以上怖がらないよう、ここは穏便《おんびん》に追い返そう。

「あああ?」

ますます怒らせてしまった。

うーん……どうやって追い返すか。

やっぱり、こういうタイプは実力を示して、力でねじ伏せるしかないのか。

「じゃあ、試してみますか？　俺の力」

俺はブライさんに言った。

「なので、場所を変えましょう」

「ほう!?　いい度胸じゃねーか」

ブライさんがニヤリとした。

「勢い余って怪我《けが》じゃ済まないくらいに叩《たた》きのめしちまうかもな。恨むなよ、一年坊主。くく……」

暴力的な笑顔だった。

向こうがその気なら、遠慮なく叩きのめしてよさそうだ。


俺はブライさん――いや、こいつには『さん』付けはいらないな――ブライと一緒に闘技場までやってきた。

マチルダやキサラも一緒だ。さらに野次馬として、数十人の生徒たちがついてきた。

「ギャラリー多いなぁ……」

苦笑する俺。

「じゃあ、まずはこの俺様の魔力を見せてやろう。軽く……な」

ブライがニヤリと笑い、腰を落とした。

「かあああああああああああああ……！」

気合いの声とともに、その全身を魔力のオーラが包みこむ。

「す、すごい……！」

俺の背後でマチルダとキサラ、さらにギャラリーの生徒たちがいっせいにどよめく。

「くくく、俺の魔力は『１１０９』だ。ただ、もちろんフルパワーでは戦わんから安心しろ」

自慢げに語るブライ。

ちなみに通常の魔術師の魔力が『３００』ほど、優秀な魔術師が『５００』ほど、そして『７００』を超えると天才の部類といわれている。確か以前に測った数値ではマチルダが『６２０』でキサラは『５７０』だったそうだ。

「……で、俺は測定不能だけど、こいつの数値は確実に超えてるよな」

「どうした？　怖気《おじけ》づいたか？」

ブライがニヤニヤする。

「怖いか？　だが、これが『帝王』の怖さだ。よく覚えておけ……この恐怖が、いずれお前を強くするんだ」

「はあ……」

そう言われても、別に怖くないしなぁ……。

「では、とりあえず――軽くいくぞ！　【魔弾《まだん》】！」

ブライが魔力弾を放つ。

ばしゅんっ。

それなりに魔力がこもってそうな一撃は、しかし俺が無意識にまとう魔力のオーラに阻まれ、消滅した。

「あ、あれ……？」

「今のが攻撃ですか？　もっと本気で撃ってきてもいいですよ、先輩」

「貴様ぁ……」

俺の挑発にブライが青筋を立てる。

「なら、今度は五〇パーセントの力でいく！　食らえ、【爆裂魔弾】！」

ごうっ！

直径五メートルくらいの巨大なエネルギー弾が放たれた。

なるほど、さっきの数倍の魔力がこもってそうだ。

ばしゅん。

で、これも俺の無意識オーラに阻まれ、消滅。

「な、な、なんで……なんでやねん……？」

ブライは呆然《ぼうぜん》とするあまりか、関西弁になっていた。いや、この世界にもあるのか、関西弁……？

こいつの威圧的な態度を見て、叩きのめそうと思っていたけど、実力差がありすぎて、そこまでやるのもよくない気がしてきたな。

よし、さっさと戦意喪失《せんいそうしつ》させて終わりにしよう。それ以上は弱い者いじめになっちゃうし。

「全力でもその程度みたいですね。じゃあ最後に……俺の全開魔力を見せましょうか」

魔力を、練り上げる。

「はあああっ……！」

そして――解放。

ボウッ！

俺の全身が黄金の魔力のオーラに包まれた。

「な、なんじゃこりゃぁぁぁぁっ……!?」

ブライが叫んだ。

英雄クラスをも超える俺の本気の魔力は、ブライと比べても数十倍か、もしかしたら数百倍はあるだろう。

「くっ……ううううう……」

ブライの顔から血の気が引いていく。

狙い通り、戦意喪失させられたようだ。

「お、俺、ちょっと用事を思い出したから！　それじゃ！」

ブライは逃げるように去っていった。

「ふうっ……」

逃げ去る彼の後ろ姿をチラッと見てから、俺は魔力を収めた。

「す、すごい……」

マチルダが俺を呆然と見つめていた。

「あんた、すごすぎよ……」

「レイヴン様、あまりにも……あまりにも強すぎます……」

キサラも呆然とした様子だ。

「これであいつも威圧的な態度をやめてくれたらいいけど」

俺は苦笑交じりに言った。

昼休みの後、午後の授業を受け、やがて放課後になった。

「聞いたよ、レイヴンくん。あのブライ先輩を撃退したんだって？」

マルスが話しかけてきた。

「ああ。ちょっと威圧的で嫌な奴だったから、軽くお灸《きゅう》をすえた」

「相手は学園最強だよ？　それを圧倒したって――やっぱりレイヴンくんはすごい！」

マルスは目をキラキラさせて俺を見つめている。

「はは、それほどでも」

俺は照れた。

「僕も……レイヴンくんみたいになりたいよ」

ぽつりとつぶやくマルス。

「ん？」

「僕はこのA組の授業についていくのもキツくて……自分の才能のなさを思い知る毎日さ。だから君がまぶしく見えるんだ」

マルスが暗い顔でうつむいた。

「あんまり考えすぎない方がいいぞ」

「僕は貧しい商家に生まれてね……魔術師になるのは人生一発逆転みたいな理由だったんだ」

マルスが語り出す。

うん、それは知ってる。ゲームの主人公のキャラ設定は、やっぱりそのままらしい。

「だけど、実際に魔法を学んだり、魔術師の仕事のことを調べて、だんだんと考えが変わっていった。この力は多くの弱者を守ることができる力だ、って思ったんだ」

マルスが熱を込めて語る。

「人を苦しめる悪党やモンスターの存在……この世界には助けを必要としている人がたくさんいる。それを守るための力になるのが、今の僕の目標なんだ」

まさに正義の味方である。

「だから、力がいる。強くならなきゃいけない。なのに、僕には魔術師としての才能が足りない――」

「マルス……」

「僕は君に憧れているんだ、レイヴンくん」

マルスは熱のこもった視線を俺に向けた。

「君はまぎれもない天才だ。僕も……君みたいになりたい」

「そりゃ、どうも……」

考えてみれば――初めてかもしれない。人生において、他人から『君みたいになりたい』なんて目標として告げられるなんて。

恥ずかしくて、照れくさくて、くすぐったくて……でも、悪くない気分だった。

だけど、同時に罪悪感も覚えてしまう。

マルスの方は純粋に友情を感じてくれているのに、俺の方は『自分が生き残るため』という打算《ださん》ありきの友情なのだ。

だから、彼の純粋さが俺には少しまぶしく、少し後ろめたいんだ――。


それから、しばらくの時間が流れた。

俺は毎日学園に通い、キサラやマチルダと交流を深め、あるいはマルスと友情を深め、ときにはトラブルもあったけど、圧倒的な魔力ですべてをねじ伏せていった。

そして七月になり、ついに学内トーナメントが始まる。

学内トーナメントは魔法学園の一年生から三年生までの全校生徒六一一人が参加する大会だ。

七月から九月の終わりまで、夏休みを挟んで継続的に試合を行い、その年度の学内最強を決定する。

場所は校舎に隣接する魔法練習場の闘技場にて行われる。

安全装置として防御結界が何重にも張られたフィールドで、相手に魔法攻撃を当てるとその威力などが計測され、ダメージ数値が計算される。

選手にはそれぞれ一定値の『ライフポイント』が与えられ、受けたダメージに応じて減っていく。

そのライフが0になると負け、というゲームみたいなシステムだ。

で、さっそく一回戦、俺は三年生の女子生徒と対戦した。

「あなたが噂のレイヴン・ドラクセル——」

相手は緊張しているようだ。

「始め！」

審判を務める教官が合図をする。

「魔力解放」

俺は魔力を一気に高めた。

ごうっ……！

全身を黄金のオーラが覆《おお》う。

相手はおそらく俺より数段格下だろう。圧倒的な魔力差を生かして、一気に叩き伏せる――。

「ひ、ひいっ……何よ、この魔力……化け物――」

女子生徒はその場で腰を抜かした。

「悪いな。すぐに終わらせるよ――【魔弾】」

「ひあああああっ⁉」

俺は魔力弾一発で相手のライフを0にした。

開始一秒での勝利――。

「よし、一回戦突破だ」

この調子でサクサクいこう。


「レイヴン様、一回戦突破おめでとうございます！」

「さすがに瞬殺だったわね。おめでとう、レイヴン」

試合が終わるとキサラとマチルダが祝福に来てくれた。

「ありがとう。二人はどうだった？」

「あたしたちはシードよ」

「シード？」

たずねる俺にマチルダは、

「大半は二回戦からなのよ。組み合わせの関係で、ね。一回戦から出るのは抽選で当たった人だけ」

「そうなのか……」

「二回戦からは全生徒が登場するわよ。あたしもキサラもね」

「じゃあ、次は全員で勝ってお祝いしたいな」

「だね」

「です」

俺たちは微笑み合った。

「へえ、あなたがレイヴンくん？」

「あの帝王ブライを圧倒したって噂の……」

「強い魔力の気配……ただ者じゃないわね」

三人の女子生徒が近づいてきた。

「君たちは──」

全員初対面だけど、顔や名前は知っている。

ゲーム内で登場するキャラばかりだからな。

学内最強の四天王たち……学内ランキング二位の『雷光姫』アリサ・ディルブレイク、三位の『魔剣士』ファービィ・エッジ、四位の『白銀結界』ラーミア・シェル。

当然のように全員が美少女だった。

ちなみにこの中で、俺はファービィをゲームでちょくちょく使っていた。魔法と剣の両方を扱える便利キャラなんだよなぁ。

——などと懐かしい思いに浸っていると、

「言っておくけど、一年生が優勝できるほど学内トーナメントは甘くないわよ」

金髪セミロングの勝ち気な美少女アリサが言い放った。

「優勝はあたしたち四天王の誰か」

黒髪ポニーテールの凛々《りり》しい美少女ファービィが宣言した。

「いいえ、この私が優勝をいただくわ」

銀髪ショートヘアのクール美少女ラーミアが微笑む。

「今の組み合わせだと、あたしたち三人はいずれもレイヴンくん……君とトーナメントで当たるわね」

「まあ、君が勝ち上がってくれれば、の話だけど」

「対戦するときは容赦《ようしゃ》しないから」

ええと、つまり宣戦布告に来たってことか？

「……あれ？　妙だな」

俺はふと気づいた。

ゲーム内だとこの三人と対戦するのは主人公のマルスだったはずだ。不審に思って、懐《ふところ》からトーナメント表が書かれた紙を取り出した。

「なんだ、これ……？」

俺が記憶している組み合わせと違っている。

というか、たぶん俺とマルスの位置が入れ替わっている。

ゲームだと、主人公のマルスは激戦区のブロックに入り、四天王全員と対戦し、最後に決勝戦で俺と対戦する。

けれど、俺の手元にあるトーナメント表では、俺が目の前の三人と対戦、マルスが対戦するのは四天王最強のブライだけだ。

「シナリオが変わってきている……のか？」

それは俺にとっていいことなのか、悪いことなのか――。

＊

「はあ、はあ、はあ……」

マルスは修練場で荒い息をついていた。

いよいよ三日後に学内トーナメントの二回戦が始まる。

大半の生徒にとってはここが初戦である。マルスの対戦相手は学内ランキング上位の三年生だった。

「勝てるのか、僕は……」

不安で、先ほどからやっている自主練習に身が入らない。

「僕は……レイヴンくんみたいな天才じゃない……」

魔術師としては平凡な才能しかない。

それでも強くなりたいという気持ちは持ち続けている。

ただ――学内トーナメントで自分よりずっと才能のある魔術師たちと戦い、敗れ去り、自分の『才能のなさ』を突きつけられるかもしれない、と考えると気持ちが晴れなかった。

「あれ？　マルスじゃないか」

と、誰かが近づいてきた。

銀髪碧眼《へきがん》の美しい少年だ。

「レイヴンくん……！」

マルスは驚いて彼を見つめた。

「どうしてここに……？」

「俺も練習に来たんだよ」

レイヴンが明るく笑う。

「マルスを見かけたから、ちょっと寄っただけだ。練習の邪魔して悪かったな」

「いや、ちょうど休憩中だったから……」

言って、マルスはレイヴンを見つめた。身を乗り出すようにして、

「あの――一つお願いしたいことがあるんだ」

「ん、なんだ？」

「僕に、稽古をつけてほしい」

「稽古？」

「うん。実は特訓中の魔法が一つあってね」

たずねるレイヴンに、マルスは身を乗り出すようにして説明した。

「だけど、訓練のパートナーがいないと上手《うま》く練習できなくて……僕、あんまりクラスの人と仲良くできてないから……」

「特訓中の魔法……」

レイヴンは首を傾《かし》げた後、

「【螺旋魔弾《らせんまだん》】か？」

「えっ、どうしてそれを⁉」

マルスは驚いた。

彼の得意技は魔力弾の一種である【魔弾】だ。これはオーソドックスな魔法で威力はそこまで大きくない。

その【魔弾】を螺旋回転させ、威力を倍加させたのがマルスのオリジナル魔法【螺旋魔弾】だった。ただし【魔弾】を螺旋回転させるのは技術的に難しく、なかなか成功できないでいた。

この魔法のことは誰にも言ったことがないのに、なぜ彼は知っているのだろうか――。

「い、いや、その……さっき君が訓練しているのを見かけたから、なんとなく察したっていうか……」

「なるほど、さすがレイヴンくんだ！　僕の特訓風景をちょっと見ただけで、僕が身につけようとしている魔法の正体を見抜くなんて！」

やはりレイヴンはすごい。自分とはまるで違う。本物の天才とは彼のような人間のことを言うのだ――。

ますます尊敬の気持ちが強まった。

「……ゲームに出てくるから知ってるだけなんだけど」

レイヴンがぽつりとつぶやく。

（ゲーム？　どういう意味だろう？）

マルスには分からなかったが、今はどうでもよかった。

それよりも、やはり彼に修行を付き合ってもらいたい。それによって【螺旋魔弾】の完成は近づくだろう。

「ま、いいか。俺でよければ付き合うよ」

「ありがとう！　やっぱり君は友だちだ！」

マルスは感謝してレイヴンの手を取った。

「よ、よせよ、照れるだろ」

レイヴンが恥ずかしそうにしている。

案外、照れ屋らしい。彼の新たな一面を発見したようで嬉《うれ》しくなった。

「友だちか……はは、なんかいいな。そういうの」

ポリポリと頬《ほお》をかきながらつぶやくレイヴン。

「で、俺は何をやればいい？」

「ああ。僕が【螺旋魔弾】を撃つから、君は通常の【魔弾】を撃ってほしい。君の【魔弾】を撃ち破れたら成功……なんだけど」

そこでマルスはハッと気づく。

「魔力差がありすぎて、君の【魔弾】を撃ち破るのは無理だね……僕の【螺旋魔弾】が成功したとしても……うーん」

「じゃあ、俺が威力を絞って撃つよ。それでどうだ？」

と、レイヴン。

「要するに君の【螺旋魔弾】は通常の【魔弾】を破る威力が必要で、それを確認するための修行なんだろ？　なら、俺が『強すぎず弱すぎず』くらいの【魔弾】を撃てば、ちょうどいいテストになる」

「可能ならお願いしたい」

「いいぞ。俺にとっても魔力コントロールの訓練になるから、ちょうどいい」

レイヴンがにっこり笑った。

「お互いに稽古しようぜ」

「うん、そうだね」

マルスがにっこり笑った。

それから二時間ほど経《た》った。

「こ、これなら……っ！」

マルスが放った【螺旋魔弾】——もう何百発撃っただろうか——が、ついにレイヴンの【魔弾】を撃ち破った。

「おお、今のはよかったんじゃないか！」

レイヴンが歓声を上げた。

「君のおかげだよ、はあ、はあ……」

さすがに魔力がほとんど底をついていた。

ただ、今ので感覚はつかんだ。あとは練習を繰り返すだけだ。

「努力家なんだな、マルスって」

レイヴンが感心したような顔をした。

「俺、結構なんでも投げ出しがちだったから。君みたいな奴を尊敬するよ」

「えっ、そんな……」

マルスが照れる。

「僕も尊敬しているよ。君は、僕の憧れなんだ」

＊

「僕も尊敬しているよ。君は、僕の憧れなんだ」

マルスが俺を見つめる。

「マルス……！」

そのとき、俺は胸の奥が震えるような感動がこみ上げるのを感じていた。

前世では他人と深くかかわることなく過ごし、友と呼べるほどの存在もいなかった。

こんな風に誰かに言われることなんて一度もなかった。あり得なかった。

俺は、この転生先の世界で――互いに敬意を払える本当の友人を得られたのかもしれない。

だけど、俺はいつかマルスに殺されるかもしれない。

そのリスクが消えたわけじゃない。消え去ることは永遠にない。

こいつがゲーム世界の主人公である限り。

俺がゲーム世界の悪役である限り。

俺たちの進む道は一時的に交わったとしても、最後に決裂する可能性を常に孕《はら》んでいる。

それが悲しく、同時に恐ろしかった。

「じゃあ、俺はそろそろ行くよ」

「あ、あの……本当にありがとう、レイヴンくん！」

逃げるように背を向けた俺に、マルスが声をかけた。

「決勝で戦えたらいいね」

「マルス……？」

「実力者の君はともかく、僕なんかじゃ二回戦で負けるかもしれないけど……でも君と戦うことを目標に頑張るよ」

マルスが熱を込めて言った。

「もしも……もしも決勝まで行けたら、勝負の場で君と向かい合えたら……対等に向かい合えたら、本当の意味で君と友だちになれる気がする」

「マルス――」

「僕はそうなりたいんだ。君に、友だちとして認めてほしい。だから、頑張るよ……それじゃ！」

言って、マルスが去っていく。

「友だちになる……か」

俺にとって『自分が生き残るため』という打算から始まった関係だったけど、いつの間にか純粋に友情を感じるようになっていた。

だから、マルスに『友だちとして認めてほしい』なんて言われると、心が浮き立つような喜びを感じる。

あいつは、いずれ俺を破滅させる存在なのに――だんだん忌避感《きひかん》が薄れていくのを感じる。

「俺は——あいつと」

友だちになりたいのかな。

そして、友だちでありたいのかな。

「俺は——どうするべきなんだろう」

心の中に、大きな迷いが生じていた

＊

迷いを抱えながらも、学内トーナメントは進む。

その日は、二回戦が行われる日だ。

「【光弾《こうだん》】」

俺は魔力弾一発で、対戦相手のライフを根こそぎ吹き飛ばした。

ちなみに【光弾】は【魔弾】と同系統の魔力弾発射魔法だ。こっちの方がダメージ量は少ないけど、爆破範囲が広い。

もともと俺の魔力なら多少弱い魔法を撃っても超威力になるから、より攻撃範囲が広い【光弾】を使うことにしたのだ。

「いけるところまでは【光弾】一発で勝利、ってパターンで行くか」

楽でいいしな。

まあ、さすがに四天王クラスだと【光弾】だけじゃ勝てないかもしれないけど――。

「……っと、次はマルスの試合だ」

ちょうど選手用の花道からマルスが歩いてくるところだった。

「次はマルスの番だな。頑張れ」

「あ、ありがとう……レイヴンくんに、は、は、恥じない試合をするよ……ぉ」

マルスの声が裏返っている。

「……なんか緊張してないか？」

「してる。すごくしてる」

「落ち着け。深呼吸だ」

「すうはあ、すうはあ」

俺の言った通り、何度も深呼吸をするマルス。

「よし、頑張れ」

「う、うん、ががが頑張るるるるる」

「いや、緊張直ってないぞ⁉」


俺は観客席からマルスの応援をすることにした。

「レイヴン様、二回戦突破おめでとうございます」

「さすがね」

キサラとマチルダがやってきた。

「二人もおめでとう。俺より前の試合だったから見てたよ。二回戦、危なげなく突破だな」

「えへへ」

「当然」

照れたようなキサラと鼻を鳴らすマチルダ。

「二回戦はさすがに実力者たちは問題なく勝っているようですね。四天王の方々や、後はローゼさんやバルカンさんも」

「ん？　ああ、あの初日に絡んできた双子か」

クラス内ではいずれも上位の実力者たちだ。

「後は――マルスがどうなるか」

俺は試合場に注視した。

ちなみに試合場は全部で八面あり、同時に試合が行われている。

マルスがいるのは、そのうちの第六コート。対戦相手は三年生の女子で、確か学年ランキングは三〇位くらいだった。

マルスはランキング五〇〇位台だから、相手の方がかなり格上だ。

けれど、あいつには俺との訓練で身につけた【螺旋魔弾】がある。格上相手でも勝機は十分あると思う。

そんな中、マルスの試合が始まった。

「大した魔力もないし、一年生だし……まあ、私の楽勝かな？」

対戦相手の三年生女子――ライアが笑った。

「くっ、強そうだ……」

一方のマルスは明らかに萎縮《いしゅく》している様子だ。

「魔力値はライア先輩が『531』で、マルスくんは『309』です。かなり差がありますね」

と、キサラが言った。

試合中、対戦している生徒たちの各種データ……『魔力値』や現在の『ライフポイント』などがモニター状の石板に表示されている。

かなりゲームじみた作りだ……っていうか、もともとがゲーム世界だから当たり前か。

確かに、マルスは生徒たちの中では魔力が低く、手持ちの呪文《じゅもん》も弱いものが多い。

まあ、ゲームではシナリオが進むにつれて魔力は上がっていくし、使える呪文も増えていくんだけど、少なくとも今の時点ではマルスのスペックはかなり低いといっていいだろう。

とても、学内ランキング上位の生徒に勝てる力はない。

だけど――、

「大丈夫、マルスには俺との訓練で身につけた『アレ』がある」

「えっ」

「訓練なんてしてたの？」

驚くキサラとマチルダに俺はニヤリとした。

「友だちだからな。手伝ったんだ」

「レイヴン様、順調に友情を育《はぐく》まれているのですね……」

キサラは感動気味に目を潤《うる》ませていた。


試合は、マルスが防戦一方だった。

「もしかして――負けるのか、あいつ」

俺は我がことのように焦りを感じていた。

マルスはゲーム内の主人公なんだから、なんだかんだ勝つんだろう。

そう考えていたんだけど、現実は甘くない。

マルスは一方的に追い詰められ、ライフを削られていく。対するライアはほぼノーダメージ。

実力の違いは明らかだった。

「だめだ、勝てない……！」

試合場からマルスがうめくのが聞こえた。顔面蒼白《そうはく》だ。

訓練ではあんなに頑張っていたのに。上手くいったとき、あんなに嬉しそうだったのに。

それを発揮できずに、一方的に負けてしまうなんて――。

嫌だ。勝ってほしい。

「頑張れ、マルス！」

俺は思わず立ち上がっていた。

他人のために、こんなに一生懸命に応援するのは初めてかもしれない。

そもそも、そんなふうに入れ込むほど他人と深くかかわってこなかったからな、前世では
……。

いや、今だって深くかかわったと言えるほど、長く一緒に過ごしたわけじゃない。それでも
――やっぱり俺はあいつのことを、大事な友だちだと思い始めているんだ。

だから――、

「練習しただろ！　大丈夫だ、お前は勝てる！」

必死で声援を送る。

「お前の頑張りを俺は見てきたぞ！　自信を持てよ！」

「レイヴンくん……」

マルスが俺の方を振り返り、ハッとした顔つきになった。

「やれよ、マルス！」

「――ああ」

マルスの顔つきが変わった。

「ありがとう、レイヴンくん。おかげで気合いが入った」

身にまとう雰囲気が、明らかに変わっていた。

そう、それでこそ――『主人公』だ。

「勝つのは僕だ」

「へえ、急に強気になったじゃない」

対戦相手のライアがニヤリとする。

「だけど、声援一つで実力が変わるわけじゃない。それで勝てるほど甘くないわよ、現実は」

「確かに、実力は変わりません。ただ、今まで出しきれなかった実力を、気持ちの切り替えで出せるようになるというだけ――」

ごうっ！

マルスの全身から青いオーラが湧《わ》き立つ。

魔力の輝きが増していた。

魔力自体が上がったわけじゃない。マルスの言う通り、出しきれていなかった力が、完全に発揮されようとしている――。

「ここからは――僕の全力だ」

「はっ！　だからって、私に勝てるつもり？」

ライアが魔力弾を放つ。

「はあああああああああっ！」

二発、三発、四発――。

合計で一七発の【魔弾】が様々な方向からマルスに向かってくる。

「力押しよ。あんたの魔力であたしの魔力を撥《は》ね返すことはできない」

「撥ね返すんじゃない」

マルスが右手を突き出した。

そこから魔力弾が放たれる。

螺旋状に回転する魔力弾――。

「この【螺旋魔弾】は、相手の【魔弾】を弾き、ルートをこじ開ける」

「えっ……!?」

ばしゅううううんっ！

マルスの言う通りだった。

放たれた【螺旋魔弾】は、ライアの【魔弾】の群れを弾き、隙間を開き、そこから彼女に向かって突き進む。

「きゃぁぁぁぁあっ!?」

直撃――。

そして、ライアのライフポイントは一気にゼロになった。

「勝者、マルス・ボードウィン！」

見事な一発逆転だった。

「やったな、マルス！」

マルスが戻ってくると、俺は彼の健闘を称《たた》えた。

「君のおかげだよ、レイヴンくん！」

おとなしい性格のマルスも珍しく興奮した様子だ。

俺たちはガッチリ握手を交わした。

「勝ったのはお前だよ。努力したのも、全部お前だ」

俺は友だちの努力と成果を称えた。

いや、本当に嬉しい。

自分が勝った以上に嬉しい。

今後の俺の運命のことを考えると、単純に喜んでいられないのかもしれない。

それでも――今はマルスの勝利を祝いたいし、喜びたかった。


学内トーナメントが終わると、その日の授業は終了だ。

「見てたわよ。麗《うるわ》しい友情だったわね」

俺が帰り支度をしていると、レスティアが話しかけてきた。

「あたし、ああいうのに弱いのよね。男の友情っていうの？　ブロマンスっていうの？　ふふ、エモいよねぇ」

やけに嬉しそうだ。

「エモいのか……？」

女からはそう見えるんだろうか。

「うん、エモいエモい。見守りたくなっちゃう」

「そういうもんか……？」

苦笑しながら、俺はふと彼女の目が笑っていないことに気づいた。何か俺に対して含みを持つような視線だ。

「で、俺に何か用か？」

「用がないと話しかけちゃいけない？」

ふふん、と小悪魔じみた笑みに変わるレスティア。

「ただ、君とお話ししたかっただけよ」

「単に世間話をしたい、ってふうには見えないな」

「そうね。もうちょっと込み入った話があるの」

レスティアが俺に顔を近づける。

「実は君に恋の告白をしたくて」

「ふーん」

「あ、信じてない！」

「絶対本気じゃないのが丸わかりだからな」

「バレてたかぁ……でも本気が一ミリも絡んでないわけじゃないからね。君って結構あたしの好み……ふふふ」

レスティアがますます小悪魔じみた笑顔になる。

一体どこまで本気なんだか。

俺とレスティアは中庭に移動した。

ここは以前に俺やマルスがローゼとバルカン姉弟《してい》に挑まれた場所だった。ひと気がなく、高い樹木で囲まれていて、周囲からは見えにくい。

「で、話ってなんだよ？」

「実はあたし、前から君のこと」

「じー」

わざとらしくモジモジして、いかにも『告白するぞ』というポーズを取るレスティアに、俺は思いっきりジト目をしてやった。

「あ、ごめん。このネタ引っ張りすぎよね」

レスティアが苦笑交じりに謝った。

「じゃあ、ちょっと真面目《まじめ》に話すけど――」

と、切れ長の瞳でじっと俺を見つめる。

澄んだ美しい瞳に背筋がゾクリとした。その奥に宿る妖《あや》しい輝きに一瞬魅入《みい》られてしまう。

「君の魔力って明らかに普通じゃないよね？　人間の限界を超えている――いえ、超えすぎている」

「魔力量にはそれなりに自信があるよ」

俺はうなずいた。

「人間の限界を超えすぎてる、なんて言われると、俺にはよく分からないけどな」

「だって高位魔族より上じゃない。バームゲイルを魔力量のゴリ押しで殺したよね？」

「っ……！」

思わず絶句した。

こいつ、俺がバームゲイルを倒したことを知っているのか⁉

たちまち緊張感が膨れ上がった。

数年後に人間と魔族の戦争が起きるとはいえ、現時点ではまだ人間と魔族の間には停戦協定が結ばれている。

俺がそれを破って高位魔族を殺したことが知られれば大問題になる。

「あはは、ちょっと焦った？　大丈夫よ。君がバームゲイルを殺したことは内緒にしてあげる」

「……！」

俺はあらためてレスティアを見つめた。彼女に対する警戒心が強まる一方だ。

「話を戻すけど——君の魔法の才能は、本当に素晴らしいわ。しかもまだ成長期でしょ？　下手すると魔王を超えるんじゃない？」

「さすがにそれはないだろ」

俺は苦笑した。

実際、ゲーム内でのレイヴンの魔力は確かに桁違《けたちが》いではあるが、魔王の魔力というのは、それと比べても次元がまったく違う。

「それでも魔王以外の高位魔族はすでに超えてるんじゃないかな？　あたしとしては絶対に手に入れたい人材なのよね」

「人材？　手に入れたい？」

「我が魔王軍の一員として」

またその冗談か。

「ん？　今度は冗談じゃないよ？」

言うなり、レスティアの全身が赤いオーラに包まれる。

「っ……!?」

俺は絶句した。

確かに、今回は冗談じゃない。

こいつ、まさか本当に――。

「魔王……!?」

レスティアの雰囲気《ふんいき》が明らかに変わっていた。

外見は人間のままだ。

いや、よく見ると口元から牙が伸びているか……？　耳もナイフみたいに尖《とが》っている気がするぞ。

とはいえ、目立った変化はそれくらいだった。

角や翼が出たり、悪魔みたいな姿になっているわけじゃない。

ただし——大差のない外見とは違い、身にまとう魔力は大きく変わっていた。

……次元が違う。

俺だって圧倒的な魔力量を持っているつもりだし、高位魔族でさえ圧倒したことがある。

その俺と比べても、こいつの魔力は桁が違っていた。

「信じてくれた？　あたしが魔王だ、って」

「……本当にお前が魔王なのか？　レスティア……いや、アーヴィス」

俺はレスティアをにらみながら、魔王としての名前を告げた。

どういうことなんだ？

ゲーム内にこんな展開はない。

ゲーム内にレスティアなんてキャラは出てこない。

「アーヴィス？　ああ、勘違いしてるんだね。あたしはアーヴィスじゃないよ」

レスティアがクスクスと笑う。

「それは先代魔王の名前」

「先代……？」

「あたしはそのアーヴィスを殺し、新たな魔王の座に就いた者。今代の魔王——レスティア・ゼラ・ダークロアよ」

「魔王アーヴィスを殺した……だと？」

俺は呆然と彼女を見つめる。

魔王自体が別の魔族に代わっているとなると、もはやゲームのシナリオとは大きく流れを変えていることになる。

今後の流れもゲームとはまったく違うものになるのか。それとも魔王が入れ代わっただけで、結局ゲームと同じ流れになるんだろうか――。

「単刀直入に言うね。あたしの――部下にならない？」

思案《しあん》を巡らせる俺に、レスティアが微笑んだ。

あ、これってRPGの定番展開だ。魔王が勇者に対して『部下になれ』と誘うやつ。

といっても、俺は勇者じゃなくて悪役貴族だけど――。

「……悪いけど、魔王の部下になったとしても、勇者に討伐されるだけだ」

「勇者？　誰のこと？」

レスティアが首を傾《かし》げる。

あ、そうか。この世界、この時代ではまだ勇者なんて誕生していない。勇者が現れることすら、誰も知らない。

ゲームのことを知っている俺を除いて。

とはいえ、古代の神話などから勇者の出現を予見している者はいるかもしれない。

少なくとも魔王は気づいているんだろう。遠からず勇者が出現することを――。

「勇者になりそうな一番手は君じゃない？　どう考えても人類最強の魔術師でしょ？　それもダントツで」

「俺が勇者――？」

意外な言葉に戸惑う俺。

けれど、言われてみれば、それは理にかなった考え方かもしれない。

ゲームのシナリオを――『未来の運命』を知らない者から見れば、現時点で人類最強の魔術師（と思われる）俺こそが勇者にふさわしい、というのは自然な考えだ。

けれど、違う。

俺は勇者じゃないし、世界を救う存在でもない。

俺は――世界を危機に陥《おとし》いれる悪役になる運命。

そして、それに抗《あらが》おうとしているんだ。

「君がいずれ勇者になるとして……そんな勇者と魔王が手を組んだら無敵じゃない？」

「無敵じゃないさ。そうなったとき、俺を討つ者がいる」

俺はレスティアを見つめた。

「だから俺は魔王の部下にはならない。生き延びるために」

ごうっ！

魔力を高め、レスティアと同じようにオーラをまとった。

いつ戦闘になっても対応できるように。

「魔王と戦う側に回る」

「ふうん。あたしの誘いを断るんだ？」

レスティアが俺を見つめる。

「っ……！」

息を呑《の》む。ぞわりと全身に鳥肌が立った。

少なくとも現時点で、俺は魔王には勝てない。

とはいえ、このまま努力を重ねていけば、いずれ魔王すら超える力を得られるかもしれない。

それほどまでに『レイヴン・ドラクセル』の潜在能力は圧倒的だ。

ゲーム内でこいつが魔王より弱いのは、あくまでも『まったく努力をしない』のが理由だからな。今の俺みたいに魔法の修行に打ち込んだ場合、俺と魔王との力関係が逆転する可能性はある。

ただ、今の段階では奴が上だろうし、厄介な『洗脳』もある。立ち回りに気を付けなければ、すぐに殺されるか、あるいは精神を支配されてしまうかもしれない。

「だったら、どうする？　俺を殺すか？」

「殺す？　君を？　まさか」

レスティアが笑った。

「そんな勿体《もったい》ないことしないよ」

「俺がお前と戦う側に回ると言っても、か？」

「うーん……それはちょっと困りものだね」

レスティアが口をへの字にした。

「なら、こういうのはどうだ？　俺もお前も互いに干渉しない、ってのは」

俺は取り引きを持ちかけることにした。

最初から、こういう流れにしたかったのだ。

だから最初に、あえて『魔王と戦う』と強気の態度を取ってみせた。後々、俺から譲歩を示し、同時に相手の譲歩を引き出すために。

腹の探り合いは苦手だけど、生き残るためにはそんなことは言っていられないからな。

「魔王軍はこの世界を侵略するつもりなんだろう？　俺はそれに関与しない。自分から戦うことをしない」

「……世界を見捨てる気？」

「まあ、そうだな」

俺は、まさに『悪役』そのものの顔でニヤリと笑った。もちろん演技だ。

「じゃあ、あたしたちが世界を滅ぼしたら、君はどうするの？」

「そのときは魔王軍の末席にでも加えてもらうさ。お前は俺の力が欲しいだろう？」

俺はレスティアを見つめた。

「何せお前の目的は人間界だけじゃない。いずれは神の世界も侵略するつもりだ」

「……へえ」

レスティアの表情から笑みが消えた。

「何かあたしも知らないような情報を握っているの、君？」

「ただの推測さ」

ごまかしたが、本当はもちろん違う。

ゲーム内の設定を知っているからこそ、俺は『魔王が人間界だけじゃなく神の世界にも攻め入ろうとしている』という事実を言い当てられただけだ。

「逆に勇者がお前を滅ぼしても、俺は何もしない。いや、戦いの行方《ゆくえ》が決定的になったら、勇者側についてお前を殺すかもしれない」

「……つまり、魔王軍にも人間側にも積極的に味方しない、ってことね」

「そうだ。けど、それだけでお前にはメリットがあるだろう？　なにせ俺という『人間側で最強レベルの敵』と戦わずに済むんだから」

俺は肩をすくめた。

「その代わり、お前も俺に手を出すな。わざわざ魔王と正面からやり合いたいとは思わないからな」

「君も魔王と戦うリスクを冒《おか》さずに済む、ってわけだ」

「そういうこと。お互いに戦えば無事じゃ済まないんだから、不可侵条約《ふかしんじょうやく》を結びたいわけさ」

これは――きっと『悪役』らしい提案だと思う。

「ふうん……」

レスティアが興味深そうに俺を見つめている、
魔王であればレスティアも洗脳の能力を持っている可能性が高い。ゲームのシナリオ通り、俺を『洗脳』で操るつもりなら、おそらく抵抗できないだろう。

けれど、奴だって俺に確実に『洗脳』が効くかどうかは分からないはず。そして『洗脳』に失敗すれば、俺は確実に奴の敵に回る。

『洗脳』を使うのは一種の賭《か》けになる、と魔王は考えるだろう。

それに加え、俺は奴に『同盟』の持ちかけまでした。なら、なおのこと俺と敵対するリスクは冒したくないはずだ。

だから『洗脳』を簡単には使ってこない――。

「とりあえず様子見かな」

長い沈黙の後、レスティアは言った。

「今すぐ結論を出さなきゃいけない問題でもないし。もともと魔王軍の侵攻は三年後の予定だしね」

三年後――つまり俺たちが卒業する年だ。やはり、その辺りはゲームシナリオと合致するわけか。

「それでいいさ。すぐに答えを出す必要なんてない」

これは――俺にとっても願ったり叶《かな》ったりの展開だ。

奴にはできるだけ動かないでいてもらう。その間に俺はさらに修行を積み、必ず魔王を倒す力を手に入れる。

『洗脳』すら撥ねのけられる力を、必ず得てみせる。

「ま、今日のところはそれだけ。またね」

レスティアが背を向けた。

俺は最後まで緊張感を途切れさせず、奴の背中を見据える。

この場は、とりあえずしのいだ。

けれど、魔王の脅威は既に存在する。

もっと強くならないと、な。

＊

本気で魔王と手を組むつもりはないが、奴とは当面の間、実質的に『同盟』の関係である。

時間稼ぎができている間に、俺は『洗脳』に対抗する手段を得なければならない。

当面の目標が、一つ増えた。

「お帰りなさいませ、レイヴン様」

自宅に戻るとキサラが出迎えてくれた。

すでにメイド服に着替えており、狐耳《きつねみみ》とあいまって可愛《かわい》さという名の破壊力がすさまじい。

さっきまで悩んでいた気持ちが、フッと癒《い》やされる。

「ただいま、キサラ」

俺はにっこり笑った。

「……何かお悩みですか？」

キサラが心配そうにたずねた。

「ん？」

「さっき深刻そうな顔をなさってましたよ？」

キサラが俺をジッと見つめる。

うーん……本当のことを全部話すわけにはいかない。

俺が転生者ということもそうだが、レスティアが魔王である可能性が高い、という話も。

知れば、巻きこまれる可能性が出てくる。かつてキサラが【夜天《やてん》の棺《ひつぎ》】にさらわれたときのように……俺に関連するいざこざに、もう二度と彼女を巻きこみたくなかった。

「いや、ちょっと……魔法の修行のことで考え事をしていたんだ」

「魔法の修行、ですか？」

「【精神支配】系統の魔法に立ち向かうにはどうすればいいかな、って」

「ああ、学内トーナメントの対策ですね。さすがレイヴン様。これほどの力をお持ちでも、なお微塵《みじん》も油断なさらないなんて」

お、うまい具合に誤解してくれた。

「キサラは何か知らないか？　そういう練習方法」

「【精神支配】に対抗するには【精神防壁】を強力にすればいいと思いますが――」

キサラはしばらく考えた後、そう言った。

「お屋敷にあったはずですよ。訓練道具」

「訓練道具……？」

「ええ、精神系の魔法を鍛える道具です。物理攻撃系の魔法なら、強力な防御結界が張られた訓練場が必要になりますけど、精神系の場合は基本的に外界には影響を及ぼしませんからね。道具を使って自分の精神世界に入り込んで鍛錬《たんれん》……というのが一般的です」

言ったところで、キサラはハッとした顔になり、

「す、すみません、こんなこと、レイヴン様もご存じですよね！　つい説明してしまって……」

「いや、分かりやすく教えてくれて感謝するよ」

――というか、全然知らない話だったから助かった。

「で、その『精神世界に入り込む』ための道具があるわけか」

「ええ、すぐにお使いになるなら、今から宝物庫に案内しますよ？」

「頼む」

「では、どうぞ――」

キサラが先導する。

俺は彼女についていき、やがて宝物庫にやってきた。

確か、この中には数千種類の魔道具が入ってるんだよな。キサラがいなかったら、俺一人で必要な魔道具を探し当てるのはまず無理だろう。

「今、取ってきますね」

言って、キサラが一人で宝物庫内を進んでいく。

待っていると、数分経たずにキサラが戻ってきた。

「早いな」

俺は感心した。

「私、宝物庫の魔道具はあらかた記憶していますので。種類も、それぞれの保管場所も」

照れたように説明するキサラ。

「すごいな。有能だ」

「い、いえ、そんな」

「キサラにはいつも助けられてるよ」

俺は彼女をねぎらった。

実際、俺が快適に過ごせているのは、キサラをはじめとする使用人たちの尽力が大きいわけだからな。こういう機会に礼を言っておきたい。

「そう言っていただけると、私もお仕えする甲斐《かい》があります。嬉しいです」

キサラがはにかんだ笑みを浮かべた。狐耳がふるふる震えているのが可愛い。

「……これが魔道具か？」

俺はそこでキサラから受け取った魔道具に視線を移した。

円筒形の道具――懐中電灯によく似た形状だ。

「はい、自分自身に向けてからスイッチを押すと光が出て――」

「やっぱり懐中電灯みたいだな」

「カイチュウデントウ？」

キサラがキョトンとした。

ああ、こっちの世界にはないよな、懐中電灯。

「なんでもない。説明の続きを頼む」

俺はキサラを促した。

「はい。スイッチを押すと光が出て，その光に照らされると精神世界に入ることができるんです。一度の照射で一〇時間まで連続で入っていられます」

と、キサラ。

「なるほど……よく分かった」

じゃあ、さっそく使ってみるか。

「俺は今からこいつを使う。使っている間の肉体はどうなるんだ？」

「眠ったような状態になります」

「じゃあ、寝室に移動してから使うよ。そうだな……明日の朝までに戻ってこなかったら、キサラが俺を起こしてくれ。外から精神世界を解除できるのか？」

「私がこの魔道具を操作すれば、いつでもレイヴン様は現実世界に戻ってこられますよ」

キサラが説明する。

「じゃあ、明日の朝七時に――いつも通りの時間に起こしに来て、俺がまだ寝ていたら精神世界の解除を頼む」

「承知いたしました」

キサラが一礼した。


――というわけで、俺はキサラと別れ、寝室に移動した。

「さっそく精神世界に入るぞ……」

俺はキサラの説明通りに魔道具のスイッチを入れ、自分に向けて照らす。魔道具から放射された光を感じた次の瞬間、
しゅいんっ。

俺は見知らぬ世界にいた。

「なんだ、ここは……？」

暗い荒野が続いている。

「これが俺の精神世界……？」

随分と殺風景で、すさまじく荒涼とした雰囲気の場所だった。

「ほう？　この世界を訪れる者がいたか」

誰かが歩いてくる。

「お前は――」

俺と同じ顔、姿。

「レイヴン・ドラクセル。お前自身さ」

彼が名乗った。

「とはいえ、本質はまったく違うけどな。お前みたいな甘ちゃんと違い、俺は運命を受け入れた存在だ」

「えっ……?」

「この世界において『悪役』となるレイヴン――お前はそれを受け入れられず、運命を変えようとしている。自分が生き延びるために」

何を言ってるんだ、こいつは。

まさか、こいつは……俺がこの世界で味わう出来事や、その行く末を知っているのか?

いや、ここは俺の精神の世界のはず。なら『俺が知らないことを知っている』存在なんていない――。

普通に考えればそうだ。

だけど、俺は頭の片隅で『もう一つの可能性』を考えていた。

「まず、お前の力を見てやろう」

レイヴンがあごをしゃくった。

「来い。全力でな」

「それは精神世界の鍛錬につながるのか？」

たずねる俺。

「当然さ。俺はお前の前に立ちはだかる『自分自身』だ。それに勝つということは『自分自身を乗り越える』ということ。それができれば——お前の精神力は飛躍的に成長する」

レイヴンが説明した。

「なるほど……じゃあ、お前に勝てば俺の精神力が強くなる、ってことだな」

分かりやすくていい。

ボウッ！

俺は全身から魔力のオーラを発した。

「さっそく挑ませてもらう」

「なかなか好戦的だな」

「戦いが好きなわけじゃない。ただ強くなりたいだけだ」

俺はレイヴンを見つめた。

「強くならなきゃ、俺は未来をつかめない。だから全力でお前を倒す！」

「やってみろ」

レイヴンも全身から魔力の輝きを発した。

ごごご……ごごごごご……っ！

とたんに周囲が激しく揺れ始める。

最初は地震かと思ったが、違う。足元だけじゃなく空気そのものが震えるようなこの感じは
——。

「せ、世界全体が揺れている……!? なんて魔力量だ……！」

奴の魔力解放によって、この空間そのものが震動しているのだ。

ごおおっ……！

やがて震動が収まり、レイヴンは全身に魔力のオーラをまとった。そのオーラ量が尋常《じんじょう》じゃない。

数十メートルの高さにまで炎のような魔力エネルギーが噴き上がっている。

「こいつの魔力は、俺以上なのか……!?」

異常なほど強大な魔力を身にまとっている。

信じられなかった。修行を続けてきた俺の方が、まったく努力しないレイヴンより魔力だって大きいはずなのに——。

「先に言っておく」

レイヴンがニヤリと口角を吊《つ》り上《あ》げ、笑った。

「俺は強いぞ」

「お前と違って、俺は努力を重ねてきた」

俺は緊張気味に言い返した。

「勝つのは俺だ」

半《なか》ば虚勢《きょせい》だけど、ここで気圧《けお》されるわけにはいかない。

「いくぞ――！」

戦いの開始を告げる声は、俺とレイヴンが同時に発したものだった。


戦闘が、始まった。

最初に宣言していた通り、確かにレイヴンは強い。俺の魔法は奴の魔法にことごとく撃ち落とされる。

「こいつ……っ！」

相手の攻撃も俺の魔法で撃ち落とせるから、少なくとも攻撃魔法の威力はだいたい互角らしい。

なら、勝負を決めるのは――。

「【バニッシュフレア】！」

俺は得意の火炎魔法を放った。

「【ファイア】！」

レイヴンも火炎魔法でこれに対抗する。

同じ火炎魔法でも俺の方がランクはずっと高い。

そもそもゲーム内のレイヴンは【ファイア】【サンダー】【シールド】の三種の魔法しか使え

ないからな。

ただ、やはりレイヴンの魔力は俺より大きいらしい。その差が、俺とレイヴンの攻撃魔法のランク差を埋め、ちょうど互角の勝負になっているのだ。

俺たちの火炎は空中でぶつかり、ともに消滅した。

またも互角――。

「おおおおおっ……！」

俺はその瞬間、突進した。

「何……!?」

レイヴンが驚いたように俺を見つめる。

「遠距離からの撃ち合いじゃキリがない。ここは――接近戦といこうか」

……俺は知っている。

ゲーム内のレイヴンは確かに最強の魔術師だけど、近接戦闘能力が極端に低い。だったら、目の前のレイヴンも同じように近接戦闘は弱いんじゃないだろうか。

対する俺は――魔法学園に入るまでの一年間、みっちり格闘を鍛えてきた。

もともと自分のスペックが『近接戦闘が弱すぎる』ってことを知っていたから、それを少しでも克服すべく、ずっと鍛えてきたんだ。

同じく『近接戦闘が弱い』者同士でも、何も努力していない者と一年間必死に努力してきた者――。

「さあ、強いのはどっちかな！」

俺はレイヴンに肉薄する。

「【ルーンブレード】！」

魔力を剣の形にして攻撃する近接戦闘用の魔法だ。両手にそれぞれ魔力剣を構え、二刀流で攻め込む。

「ちいっ、接近戦か！」

レイヴンが舌打ちをした。

先ほどまでは余裕の表情だったのに、口元からいきなり笑みが消える。

そう、こいつがゲーム通りのレイヴンなら弱点は二つある。

一つは努力をまったくしないこと。

才能だけで戦っているから、『日々、努力によって強くなる』ということがない。いきなりの『覚醒』で強くなることはあっても、少しずつ力が上積みされていくことはない。

一方の俺は、その『少しずつの上積み』をずっと続けてきた。

しかも、レイヴンはもともと超天才である。わずかな努力でも成果は大きい。

まして、それを一年間、必死で続けてきた俺は――。

「ゲームのお前より、今の俺ははるかに強い！」

そして、もう一つの弱点は戦闘経験。

俺は一年間の鍛錬で実戦形式の訓練も山のように積んできた。

もちろん、本物の実戦はまた別かもしれない。それでも『戦闘の経験』は、いくらレイヴンが天才でも一人では絶対に積めないものだ。

経験ゼロに等しいレイヴンと、ほとんどが訓練とはいえ、戦闘を積み重ねてきた俺。

その差は歴然のはず。

「はあああああっ……！」

二刀を続けざまに繰り出す。

「【シールド】！」

レイヴンが防御魔法を発動した。

俺は構わず斬りつける。

一撃、二撃、三撃——。

ばきんっ！

六撃加えて、なんとか破壊した。

「このっ……！」

レイヴンは後退し、距離を取ろうとする。遠距離戦の間合いまで遠ざかろうというのだろう。

「させない——！」

俺はさらに踏み込み、近接戦闘の間合いを維持した。

右の魔力剣を振り下ろす。

左の魔力剣を薙《な》ぎ払《はら》う。

さらに右、左、右――。

連続攻撃だ。

「てめぇ……っ！」

レイヴンの表情に焦りの色が濃い。

「なぜだ⁉『偽物』のお前が『本物』の俺より強いわけがねぇっ！」

後退しながら無数の魔力弾を放つレイヴン。

だが、しょせんは苦《くる》し紛《まぎ》れだ。

「俺は――」

左右の魔力剣を振るい、それらを叩き斬っていく。

「『偽物』なんかじゃない！」

ふたたびレイヴンに肉薄する。

「黙れ！　俺こそがレイヴン・ドラクセルだ！　ここで負けたら、俺が偽物になっちまうだろうがぁっ！」

レイヴンは全身から魔力を放出した。

その勢いに押され、俺は吹き飛ばされそうになる。

だけど、踏みとどまった。

「俺はこの力で――俺自身の未来を切り開く！」

なおも踏み込み、左右の魔力剣をレイヴンの首筋と胸元に押し当てた。

「……ちっ」

レイヴンが悔しげに舌打ちし、うなだれる。

「…………………………はあ」

長い、長いため息が聞こえる。

「俺の……負けだ」

「ふうっ……」

俺は魔力剣を解除し、レイヴンとあらためて向き直った。

すると、
ごうっ……！

俺の全身から純白のオーラが立ち上る。

「これは――」

理屈じゃなく本能で実感する。

俺の『精神力』が大きく上がったのを。

これでレイヴンとの戦いは――精神力を鍛えるための戦いは、いったん終わりだ。

けど、俺がこの世界でやるべきことはまだ残っている。

俺は……レイヴンの正体を確かめなければならない。さっき思いついた『仮説』が正しいのかどうか。

「ふん、大した奴だ」

レイヴンが俺を見て、小さく笑った。

「……お前のことを聞きたい」

「何？」

俺はさっき思いついた『こいつの正体』について確かめることにした。

「お前は――『本来のレイヴン・ドラクセル』なんじゃないか？」

俺はしばらく前に突然『前世』を思い出した。

ただ、それ以前から俺は自分の意識を持っていたし、『前世の自分』に意識を乗っ取られたわけじゃない。自分の記憶の中に『前世の自分』の記憶が新たに現れた――と、考えていた。

けれど、本当に『俺』は最初から俺だったんだろうか？

もしかしたら、もともとは『レイヴン・ドラクセル』というゲームそのままの意識が存在し、そこに俺の意識なり魂なりが宿った――という可能性はないだろうか？

そして今、俺は自分の精神世界で『レイヴン・ドラクセル』に出会った。

だから、以前の疑問が解消された気がしたんだ。

『前世の記憶』がよみがえったあの日――『俺』は『レイヴン』を乗っ取ったんじゃないか、と。

「……だいたいは察しているようだな」

レイヴンが言った。

「俺がお前を乗っ取った、ということか？」

「乗っ取るというのは少し違うな」

レイヴンが笑った。

「もしかして罪悪感でも持っていたのか？」

「まあ、な」

俺はうなずいた。

「けど、乗っ取りじゃないというなら――お前の正体はなんだ？」

「だから『レイヴン・ドラクセル』さ。お前の想像通り、な」

レイヴンが笑う。

「ただ、お前の存在によって俺の意識が『レイヴン』の体から追いやられたわけじゃない。俺は――【神】によってこの体から追い出されたんだ。正確には『主導権』をお前に譲るよう命令された」

「神……？」

「便宜的《べんぎてき》に俺はそう呼んでいる。実際の正体は分からない。神か悪魔か、それとも別の何かなのか――」

たずねる俺にレイヴンが言った。

――あいつか。

俺はハッと気づいた。

【夜天の棺】との戦いなどで、俺はそいつの声を聞いていた。俺を『悪役』の人生へと誘おうとしたり、『本来のレイヴン』に干渉したり――俺たちの運命を操ろうとしているんだろうか？

「この世界には俺たちの考えが及びもつかないような『超存在』がいるようだ。そいつによって俺はこの体の『主導権』を失った。精神世界の片隅に宿り、お前が人生を謳歌《おうか》するのを羨む毎日さ」

「レイヴン……」

俺は彼を見つめた。

「その【神】はどうしてお前から『主導権』を奪ったんだ？」

「分からない。神の思《おぼ》し召《め》しだろうさ」

レイヴンが冗談めかして言った。

「だが忘れるな。お前が今、『レイヴン・ドラクセル』なのは間違いなく『神の意志』だってことをな。俺もお前も――【神】の操り人形に過ぎないのかもしれん」

「操り人形……」

その言葉は、俺の胸に重く響いた。

「ふう……」

精神世界での修練を終え、俺は現実世界に意識を戻した。

とりあえずレイヴンに勝ったことで、俺の精神力は大幅にアップした。

さらに精神力を鍛える方法はないのか、聞いてみたけれど――、

『この修行は連続ではできないんだ。時間を置き、お前の精神性がある程度の変化、成長を経た後ならともかく』

という返事だった。

どのみち、あまり長時間、精神世界にいると俺自身の精神によくない影響があるらしく、いったん現実世界に戻るように言われてしまった。

――というわけで、俺はこうして意識を戻したわけだ。

「本来のレイヴン……か」

もともと、この体はあいつのものだった。

なら、俺はこの体を借りている、ってことだよな？

そして、その状況を作ったのはレイヴンの言うところの『超存在』――神。

「うーん、分からないことだらけだな……」

このゲームにおいて神は何体かいる。

主神や戦神、癒やしの女神に冥王神《めいおうしん》など……でも、レイヴンが言っていた【神】はそのどれとも違うニュアンスだった。たぶん、また別の存在ってことなんだろう。

とはいえ、現時点でそれ以上のことは分からないし、考えても無駄だ。

まず、今できることをやる。

そして、今考えるべきことを考える。

となれば――。

結局、マルスにゲームシナリオ通りに覚醒してもらって、対魔王の筆頭戦力になってもらう。

その一方で俺も精神魔法をもっと鍛えて、いざ魔王が『洗脳』という手段に出てきても対抗できるようにしておく。

この二点か。

マルスとの関係は今のところ良好だし、ゲームみたいに敵対関係にはならない……と仮定するなら、彼の覚醒を促すには決勝戦で俺とマルスが対戦し、彼に俺を乗り越えてもらうことだ。

「……よし、トーナメントが始まる前は迷いもあったけど、だんだん方針がはっきりしてきたぞ」

頑張ろう。

生きるために。幸せに過ごしていくために。

俺は、破滅の運命を必ず撥ねのけてみせる――。

＊

翌日、俺はいつも通りに登校した。もちろんキサラも一緒だ。

「昨日はありがとう、キサラ」

道すがら、俺は彼女に礼を言った。

「精神世界で鍛錬するための道具を見つけてくれただろ。おかげで俺、精神力がだいぶ磨かれたよ。君のおかげだ」

「じゃあ、自分を乗り越えた、ということですか？　昨日一日で⁉　すごいです！」

キサラが目をキラキラとさせた。ついでに狐耳がぴょこんと跳ねた。

うん、いつ見ても癒やされるなぁ。

「自分を超えるための試練って超難易度高いんですよ。普通は五年とか一〇年……いえ、もっとかかる人もいるのに」

「そんなに難しい試練だったのか」

「ええ。ですから普通はもっと簡単な試練からやるのですが……」

「もっと簡単な試練なんてあったのか」

「？　教えてもらえませんでしたか？　あの道具を使うと、まず精神世界の案内人のような存在が出てくるんですけど」

「？？？　出てこなかったぞ」

「えっ」

「えっ」

どうも話が食い違うな。

もしかしたら、俺の精神世界はなんか特殊なのかもしれない。

転生者ってこともあるし、『神』とやらが本来のこの体の主であるレイヴンを押しのけた影響なんかもあるのかもしれない。

うん、本当に分からないことだらけだ、この世界――。

「そういえば、もうすぐ夏休みですね、レイヴン様」

キサラが話題を変えた。

「九月までの一カ月半……レイヴン様はどう過ごす予定ですか？」

「夏休み……そっか、魔法学園にも夏休みがあるんだな」

「えっ、ご存じなかったんですか⁉」

驚いたような顔をするキサラ。

「えっ、あ、いや、し、知ってるさ、もちろん」

俺は慌てて言った。

「トーナメントに夢中で夏休みが迫っていることを意識していなかった、っていうか……」

ちょっと苦しい言い訳だろうか。

「なるほど、さすがレイヴン様！　魔法の修練に打ち込んでいるから、夏休みどころじゃなかったんですね。どこまでもストイックです！」

キサラが目をキラキラとさせた。

「遊びになんて目もくれない――そんなレイヴン様を私も全力でお世話しますね！」

「い、いや、俺はそこまでストイックでもないというか……」

夏休みのことをよく知らなかっただけで、別にストイックなわけじゃないのだ。

だからキサラにそういう誤解をされると、ちょっと罪悪感があった。

「と、とにかく……楽しい夏休みにしよう」

「ですね。ふふ」

キサラが嬉しそうに微笑んだ。

よし、しばらくのリフレッシュだ――。

第六章　【神】との対峙

魔法学園は夏季休暇に入った。

この期間中、学生は基本的に自由行動である。現代日本みたいに大量の宿題が出るわけでもなく、純粋に『休暇』なのはありがたい。

前世の記憶を思い出してから、俺はずっと魔法の修行に励んできたし、たまには息抜き期間があってもいいかな……。

というわけで、夏休み初日の今日、俺は伯爵邸に戻りくつろいでいた。

「あー……こんなにのんびり過ごせるのは久しぶりだな」

つぶやきつつ、気が付けば俺は一つのことを考えていた。

「マルスとの関係をどうするか、だよな」

ここは『エルシオンブレードファンタジー』そっくりの世界で、おそらく世界の運命はゲームのシナリオ通りに進んでいく。

実際、俺の――レイヴン・ドラクセルの破滅ルートの一つである『魔王と手を組んで世界征服戦争を仕掛ける』というのは、以前に魔術結社【夜天《やてん》の棺《ひつぎ》】が俺に接触してきたことから考えても、俺の選択次第では実現していた未来だったはずだ。

それについては、俺が【夜天の棺】を壊滅状態に追い込んで破滅ルートの一つをとりあえず潰《つぶ》したけど、レイヴンの破滅ルートは他にもある。

なかでも主人公マルス・ボードウィンとの決戦に敗れ、死亡するルートをなんとかしなきゃいけない。

このルートはマルスがいる限り、常に実際に起こる可能性があるわけだからな。

「レイヴン様、よろしいですか？」

キサラが部屋に入ってきた。

「ん、どうした？」

「マチルダ様がおいでになりました」

「マチルダが……？」

学園も休みだし、彼女と会う用事はないけれど――。

「……もしかして『どうして用もないのに会いに来たんだ？』なんて思ってますか？」

「えっ」

キサラの問いに、俺はキョトンとした。

「よく分かったな」

「それ、マチルダ様には絶対言っちゃダメですからね！」

キサラが強い調子で俺に念を押す。

「お、おう……？」

その剣幕《けんまく》に俺は思わず押された。

「どうして？」

「あ、あ、当たり前じゃないですかっ。マチルダ様はただ純粋にレイヴン様に会いたくていらしただけですからね！」

「純粋に会いたい？　なんで？」

「は？」

キサラがジト目になった。

「キサラ怒ってない？」

「キレてないですよ？」

「いや、ちょっとキレてるだろ」

「無礼を承知で言わせてもらえるなら……ちょっぴり呆《あき》れてます」

キサラはため息をついた。

「とにかくっ……女心を理解するよう、努めてくださいね？」

「女心……」

「マチルダ様はレイヴン様の婚約者様なんですから」

「？　だって、それは親同士が決めた話だろ。マチルダだって乗り気じゃないはず――」

「レイヴン様っっっ」

キサラが声を張り上げた。

「……やっぱりキサラ怒ってるよな？」

「キレてないですよ？」


その後、キサラがマチルダを部屋に案内してきた。

「ふふ、ごきげんよう、レイヴン」

マチルダが微笑《ほほえ》む。

妙に嬉《うれ》しそうな顔だ。

「やけに上機嫌だな、マチルダ」

「だって休暇だもの」

マチルダはニコニコしている。

「夏といえば海！　休みといえば海！　というわけで、一緒に海水浴に行かない？」

「唐突《とうとつ》に誘ってきたな……」

彼女の勢いに気圧《けお》される俺。

「あら、海は嫌い？」

「いや、そんなことはないけど」

「じゃあ、決まりねっ」

マチルダがにっこり笑った。

「わあ、いいですね」

キサラが横から言った。

「存分に楽しんできてくださいね、レイヴン様、マチルダ様」

「あら、キサラも一緒に来ればいいじゃない」

「えっ？　いえいえいえいえ、お二人のお邪魔になりますし」

「全然邪魔じゃないぞ」

遠慮するキサラに、俺は即座に言った。

なんとなくキサラも本音《ほんね》では海に行きたそうに見えたんだ。

なら、彼女が遠慮せずに済むような空気を作らないとな。

「即答……そっか、あたしと二人っきりじゃなくていいんだ……？」

マチルダがなぜか不機嫌になった。

なんだなんだ？

「も、もう、レイヴン様！　そんな即座に『邪魔じゃない』って言ったら、マチルダ様に失礼じゃないですか」

キサラもちょっと怒ったような顔だ。

なんだなんだなんだ？

「ま、まあ、レイヴンもこう言っていることだし、一緒に行きましょ、キサラ」

マチルダが微笑んだ。

「承知いたしました。では、私はレイヴン様のお世話に全力を尽くしますね」

「キサラも一緒に来てくれるなんて嬉しいわ。みんなで楽しく遊びましょ」

マチルダは微笑んでから、急にジト目になって俺を見た。

「……レイヴンの言い草にはちょっと複雑な気持ちもあったりするけど」

「……ですよね？　即答はないですよね、即答は」

「ない。本当に女心を理解してないというか、ガキというか」

「ですです。レイヴン様は、もうちょっと女心というものに配慮した方がいいと思うんです。さっきもかなり強く言ったのですが……」

「えっ？　言ってくれたんだ。ありがと、キサラ」

「いえいえ」

二人ともさっきからどうしたんだ？　妙に意気投合している……。

「あ、そうだ。せっかくだからマルスも誘っていいか？」

俺はマチルダに提案した。

「……いいわよ。別に、もう何人でも」

マチルダは完全にジト目だった。

キサラもジト目だった。


翌日、俺はキサラ、マチルダと一緒に海に来た。

王国の東にある海岸で、この一帯は海水浴場として人気があるんだとか。ちなみにゲーム内でも水着回の舞台として登場している。

ちなみにマルスとは現地で合流予定だ。

「海だ～！」

「わーい！」

「やっぱりいいわね！」

水着になった俺たちは海を前にしてはしゃいだ。

「なんだかんだ、レイヴンも乗り気じゃない」

「俺は最初から乗り気だぞ？」

俺はマチルダに微笑んだ。

それはそれとして――。

二人の水着姿が、すごくまぶしい。

キサラはワンピースタイプの水着で可愛らしく健康的な色香を発散しているし、ビキニタイプの水着姿のマチルダはスレンダーな体のラインが芸術品のように美しい。

思わず見とれてしまった。

「前世ではこんなシチュエーション、一回もなかったからなぁ」

同世代の女の子と一緒に海に行く――そんなの漫画やアニメの中だけの出来事だと思っていた。

「こんな状況が現実に訪れるなんてなぁ」

俺はしみじみと感慨にふけった。

「お世話をするために来たのに、私まで水着で申し訳ありません……」

「いいんだ。キサラも少し羽を伸ばしたらいいよ」

俺はにっこり笑った。

普段は学生生活とメイドの仕事で多忙なんだし、せめてこういう場所で少しでもリフレッシュしてほしかった。

と、

「あら？　偶然ね」

一人の少女が俺たちに歩み寄ってきた。

長い緑色の髪に金色の瞳、そして小悪魔じみた美貌《びぼう》。

ビキニとパレオの組み合わせの水着姿が可愛《かわい》らしいレスティアである。

「夏休みでレイヴンくんに会えなくて寂しいな、って思ってたから、会えて嬉しい。ふふ」

レスティアはそう言うなり俺にしなだれかかってきた。

「う、うわ……!?」

柔らかな胸の感触が背中に思いっきり押し付けられている。おまけに妖《あや》しい吐息が耳をくすぐってくる。

「うわわわ……」

正直、俺はドギマギしっぱなしだった。

「……レイヴン様、デレデレしてませんか」

「……レイヴン、鼻の下伸ばさないでよ。みっともない」

キサラとマチルダがジト目で俺をにらんでいた。

「二人とも怒ってる……？」

「「怒ってない！」」

同時に叫ぶ二人。

いや、怒ってるよな……？

「あらあら、ヤキモチなんて可愛いね」

レスティアがクスリと笑い、ますます強く俺に胸を押し付けてきた。

「でも、今日はあたしがレイヴンくんをもらっちゃうね？」

「だめですよ！　私だってレイヴン様と一緒にいます！」

キサラが反対側から擦《す》り寄ってきた。

むぎゅぅぅっ。

彼女の胸が押し付けられる。

うわ、柔らかい……！

レスティアはともかくキサラもこういうことするんだ……と驚いてしまった。

「はわわわわわ……勢いあまってくっつきすぎましたぁ……も、申し訳ありません、レイヴン様……」

キサラは顔を赤くしていた。

「あらあら、可愛い可愛い」

レスティアがホクホクした顔で笑っていた。

と、

「なんで、あんたがレイヴンに迫《せま》ってるのよ。彼はあたしの――」

今度はマチルダが詰め寄る。

「あ、あたしの……」

ん、なんだろう？

「婚約者なんだからぁっ！」

「「おお、言い切った！」」

キサラとレスティアが同時に叫んだ。

「はあ、はあ、はあ……そ、そうよ、あたしが婚約者なんだからねっ」

マチルダの顔は耳の付け根まで真《ま》っ赤《か》っ赤《か》だ。

「はは、あいかわらずモテモテだね、レイヴンくん」

黒髪に柔和な顔立ちをした少年が立っていた。マルスだ。

細身だが筋肉質の体つきをしており、『魔術師にしては運動能力が高い』というゲームの設定を裏付けている。

「なんだよ。もう着いてたんなら声かけてくれればいいのに」

「まあ、近くまでは来たんだけど――」

マルスは苦笑した。

「レイヴンくんたちの様子を見てたら、僕はお邪魔かなと思って」

「邪魔なわけないだろ！」

俺は思わず叫んだ。

「友だちじゃないか」

そう、友だちだ。

俺とマルスは――。

「でも、ほら……女の子たちが……」

マルスはどこか遠慮がちだ。

「ん？」

振り返ると、キサラ、マチルダ、レスティアがそれぞれ俺を見つめていた。

笑顔なんだけど、目は笑っていない。なんとなく『早くこっちに来て』っていう圧を感じるぞ……？

「やっぱりモテモテだね、レイヴンくんは」

マルスが微笑んだ。

「そんなことないって。キサラはうちのメイドだし、マチルダはいちおう婚約者、レスティアは……まあちょっと事情があるけど、とにかく『そういうつながり』ってだけだ」

俺はあわてて答えた。

モテモテなんて言われて、ちょっと照れくさかったのもある。

「お前も一緒に来いよ」

俺はマルスを誘った。

「いや、僕はしばらく一人で泳いでるよ」

「邪魔じゃない、って言ってるのに……」

俺はため息をつくが、マルスは優しげに微笑み、

「まず一緒にいる女の子たちを大切にしてあげなよ」

「えっ」

「あまり言いたくないけど……その、女心にもう少し配慮した方がいいというか。もちろん、君がいい人なのは分かってるんだけど、それとはまた別次元の問題で、ね」

「？？？」

なんか、こいつもキサラみたいなことを言ってるな。

「まあ、マルスがそう言うなら」

今一つ納得できかねる部分もあるんだけど、とりあえずマルスの助言に従うことにした。

女心に配慮――。

「俺、そんなにできてないのかなぁ……？　もっと気をつけてみるか」

俺は反省することにした。

＊

それは――深淵《しんえん》から『彼ら』を見ていた。

『なるほど。「今回」は有望かもしれぬな』

ほくそ笑む。

それは――世界の運命を規定する存在だ。運命を司《つかさど》る【神】であり、世界創造の力を持つ【絶対者】でもある。

世界が流れていく先を。

世界に住まう者たちの行く末を。

世界に生きとし生ける者たちがつながり、戦い、あるいは裏切り、貶《おとし》め――そうして紡《つむ》がれる『運命《シナリオ》』を見るのが、何よりの娯楽なのだ。

そうして世界を生み出し、壊し、また生み出し……幾度《いくたび》も世界の運命と行く末を見守ってきた。

【神】にとって理想のシナリオを求め、様々な人間を生み出し、配置し、ときには手を組ませ、ときには戦わせるように導きながら、【神】にとってもっとも心地のよいシナリオになるよう、見守ってきた。

だが——理想の物語はいつになっても訪れない。

もちろん【神】自身が世界に直接介入すれば、その物語はすぐに実現するだろう。

だが、それは【神】にとって『ルール違反』なのだ。

あくまでも世界に生きる人間たちの手によって、人間たちの意思によって生み出される物語を見てみたいのだ。

【神】ができるのは『選択肢』を与え、『道を示す』ところまで。

その先の行為——『道を選ぶ』のは人間たちに委《ゆだ》ねていた。

とはいえ、さすがに焦《じ》れてきたのも事実だ。

『そろそろ我の理想のシナリオを見たいものだ……』

そのために、今回は明確に『主役』と『悪役』を規定しようと考えていた。

今まで以上に激しくぶつかり合う『主役』と『悪役』——二人が紡ぐ世界の運命は、きっと今までのどのシナリオよりも楽しめるはずだ。

『主役』を務める者の名は『マルス・ボードウィン』。

そして『悪役』を務めるのは……。

【神】は深淵でほくそ笑む。

『まずは——彼らを我が下へ呼ぶとしよう。そして導いてやろう。お前たちの役割へと』

＊

そのとき、周囲に突然震動が起きた。

「えっ……!?」

地震か。

俺はとっさに周囲を見回した。

これでも前世は地震大国日本の出身だからな。

こういうシチュエーションにはある程度慣れてるし、それなりに冷静に対処できる。

よし、ここはみんなを俺がリードして――、

「何でしょう？」

「空間自体が揺れているようね」

「確かに。でも魔力の発動を感じない――単なる魔法現象とも違うみたいよ」

あ、あれ？　キサラ、マチルダ、レスティアも落ち着いてるな。

「み、みんな、怖くないのか？」

「？　これくらいの状況なら、魔法現象などでいくらでも起こりえますし」

キョトンとして俺を見つめるキサラ。

あ、そりゃそうか。

「うん、そうだよな……怖くないよな……」

冷静な彼女たちが頼もしい半面、ちょっとだけ寂しさも感じるのはなぜだろう？

もしかしたら、俺は皆に頼られたかったのかもしれない。憧れるよな、そういうシチュエーションって。

「大丈夫ですよ、レイヴン様。みんながいますから。私もあなたの側におります」

と、キサラが寄り添ってきた。

うっ、これじゃ俺の方が守られてる感じだ。

「あのとき、レイヴン様は私を守ってくださいました。だから私も――あなたを守りたいんです」

キサラが上目遣いに俺を見つめている。

『あのとき』というのは、以前に魔術結社【夜天の棺】にキサラがさらわれたときのことを言っているんだろう。

「ありがとう、キサラ」

俺は彼女に笑みを返す。

と、そのときだった。

――ヴンッ！

周囲がひときわ強く揺れる。

地震じゃないし、空間震とも違う。

俺の内側から何かが揺れているような、強烈な違和感。

「う……ぐぐぐ……!?」

体の中から何かがあふれる。

吐き気がする。

気持ちが悪い。

乗り物酔いを数百倍に増幅したような、すさまじい悪寒《おかん》――。


――次の瞬間、俺は別の場所にいた。


「なんだ、ここは……?」

俺は戸惑いながら周囲を見回した。

石造りの建物の中のようだ。

さっきまで一緒にいたキサラたちばかりか誰もいない。

俺だけが、この場所にいる。

「転移……した……?」

確かにゲーム内に『転送』という概念《がいねん》は存在する。

特定の地点に行くと、別の場所まで瞬間移動できる装置があったりするんだけど――。

ただ、それは特殊な装置とか魔法陣とかが設置された場所の話で、今みたいに海水浴場から突然別の場所に移動するようなシチュエーションはゲームシナリオには存在しない。

「けど、今起こった現象から考えると——転移だよな、これ？」

ふと外を見ると、海が見えた。

俺たちが海水浴にやってきた場所から、そう遠くないところにいるのか……？

どうして、こんな場所に転移したのか分からないけど、とりあえずさっきの場所とあまり離れていないようなのでホッとした。

「早く帰ろ……」

言いかけて、俺は足を止めた。

「どうせなら、少し探索していくか」

それは半《なか》ば気まぐれで、そして半ば——本能だった。

ここには何かがある。

俺の中の何かがそう言っている。

「帰ろうと思えば、簡単に帰れる場所にいるんだ……ちょっとだけ探検していこう」

俺は進み始めた。

そういえば、海水浴場の近くに古代神殿がある、って地図で見たことを思い出した。

たぶんこれがその古代神殿なんだろう。

俺が転移したのも、もしかしたら神殿内にそういう装置か何かがあるのかもしれない。

『よく来たな、レイヴン・ドラクセル——』

突然、声が響いた。

「……お前は」

何度か聞いたことがある声だった。

「【神】ってやつか」

『いかにも。我は、この世界の運命を司るもの』

【神】が語った。

『お前がこれからたどる運命を教えるために、ここに呼んだ』

「俺がたどる運命……？」

俺は周囲を見回した。

【神】とやらの姿は見えない。遠くにいるのか、それとも姿を消す術に長《た》けているのか。

『「悪役」であるお前は、本来なら破滅を免れない。だが、それも立ち回り次第だ。そこで、お前自身の意思を確認したい』

「っ……！」

こいつ、まさかここが『エルシド』の世界だと知っているのか？

でなければ、俺に対して『悪役』なんて言葉は使わないだろう。

『お前には世界の誰よりも強大な力がある。その力を持って何かを為《な》したいとは思わんか？』

「思わない」

俺は即答した。

「俺が望むのはキサラやマチルダと……それにマルスたちと一緒に楽しい学園生活を送ることだ」

まあ、当面の目標はこれだな。

「それともう一つ——楽しく生きるために、破滅ルートを回避する。必ず」

『ふむ、定められた運命を変えたいというわけだな』

「当たり前だ」

だって、このままじゃどのルートを通っても俺は死んでしまうからな。だから、すべての破滅ルートを潰《つぶ》し、フラグをすべて叩《たた》き折《お》る。

「だから俺は『悪役』にはならない」

『それでは困るな。「今回」のレイヴン・ドラクセルは「今まで」よりも格段に強く、資質にあふれている。お前が「悪役」の座から降りるのはあまりに惜しい』

【神】が嘆くように言った。

「『悪役』として生きれば破滅するんだから、他の生き方をしようとするのは当たり前だろ」

そもそも破滅ルートに関係なく、自ら悪の道に堕《お》ちようとは思わないけど。

『破滅するとは限らない』

【神】はかすかに笑っているようだった。

喜びなのか、嘲笑《ちょうしょう》なのか、あるいは他の感情なのか——その真意は読めない。

『お前が知る「エルシオンブレードファンタジー」のシナリオとこの世界の運命《シナリオ》が一致すると

は限らない、ということだ。あるいは――ゲームでは敗れる存在が、この世界では勝利者になるかもしれんぞ？』

ゲーム、とこいつは言った。

なら、やっぱりこの世界は『エルシド』をなぞったものなのか。

ただ、ゲームシナリオと実際の世界の運命《シナリオ》が同一とは限らない、という言葉が本当なら、つまり――。

『勝利者となれ、レイヴン・ドラクセル。お前の力なら「主人公」に勝てる。そしてお前は世界のすべてを統《す》べる存在になるのだ』

「断る」

俺は即答した。

当たり前だ。

「だいたい【神】が『悪役』の俺に世界征服を勧めるのか？　だったら、お前なんて神様じゃない」

そう、こいつは【神】の名を騙《かた》るだけの邪悪でしかない。そんな奴《やつ》を信用できるわけがない。

「俺は全力でお前に抗《あらが》うだけだ」

そして切り開いてみせる。

俺の未来を。

俺の、運命を。

『愚かな……人間ごときが我に歯向かうか』

じわり、と周囲の空気の濃度が増した。

奴の姿は見えない。

けれど、その存在感や威圧感が一気に跳ね上がった。

「っ……！」

こうして部屋の中心に立っているだけで全身の毛穴が開き、汗が噴き出してくるようだ。

『言っておくが、お前の代わりなどいくらでもいる。別の者を今回のシナリオの「悪役」に指定すればよいだけだ』

【神】が言った。

『我はこの世界の人間たちの意思を強制的に曲げることはせぬ。我ができるのは「道を示す」ところまで。あくまでも、この世界の人間や魔族たちが「己の意思」で決定し、紡ぎ出す物語を観賞したいのだ。それが我にとって好みの物語であればあるほどよい――だからこそ、一定の干渉を行うわけだ』

「俺たちは……お前の理想の物語を作るための道具だっていうのか……!?」

ふざけるな、と思った。

「俺たちは【神】を楽しませるために生きているわけじゃない。俺たちは――自分自身と大切な人たちの幸せのために生きている！」

『違うな。お前たちは我の幸せのために生きているのだ。ゆえに、我の意向に従わぬなら……

世界から排除することもやむなし』

「それがお前のマイルールってことか」

俺は魔力を集中した。臨戦態勢《りんせんたいせい》だ。

『お前の能力や素質は非常に高い。我が求める「悪役」にこれ以上の適役はいない。だが我に従わぬのであれば、シナリオにとって害悪しかならぬ。不要な者は処分するのみ――』

ヴンッ。

前方の空間が歪《ゆが》み、何かが出現した。

機械でできた怪物だ。

けれど、この世界のモンスターとは明らかに様子が違う。

そう、こいつは――前世の現代兵器みたいな姿をしている。

強いて言うなら、四本脚の戦車といったところか。

『我の欠片《かけら》を実体化した【聖獣】だ。お前のレベルでは、これに打ち勝てまい』

「聖獣……？」

俺は眉を寄せた。

『エルシド』のゲームにそんなモンスターは存在しないはずだ。

『最後にもう一度問おう。我に従うか、否か』

「答えは――」

俺は右手を突き出す。

「これだ！　【サンダー】！」

ばりばりばりっ！

雷撃を叩きつける。

だが、戦車モドキはビクともしない。

さすがに【神】が召喚しただけあって、並のモンスターとは強さのレベルが違うようだ。

「なら、今度は最上級魔法で行く――【サンダー・最上級】！」

俺は先ほどの数十倍の量の稲妻を浴びせかけた。

ばぢぃっ！

が、それすらも聖獣は撥《は》ねのけてしまう。

いや――。

「俺の魔法が届いていない……!?」

そう奴の装甲の少し手前で俺の稲妻は弾《はじ》け散《ち》ってしまい、奴に命中しないのだ。

『これが神の力の一部を与えられた聖獣の力だ』

【神】が厳《おごそ》かに告げた。

『絶対の盾《たて》と矛《ほこ》を備えた獣――人間ごときに勝てる道理はない』

どんっ！

今度は聖獣が攻撃してきた。

光り輝くドリルのようなものが迫る。

「【シールド】！」

俺は魔力の盾を生み出し、それを受け止める——。

「が……はっ……!?」

しかし魔力の盾はあっさりと貫通され、俺は光のドリルに胸元をえぐられた。

致命傷を受けなかったのは、とっさに体をひねったからだ。

それでも胸元がぱっくりと裂け、激痛とともに血が噴き出す。

「う……ぐぐ……」

強い——。

高位魔族でさえ、比べ物にならないほどに。

「俺が一番得意な火炎系魔法なら、あるいは——」

俺の手持ち魔法で最強の威力を持つのは、最上級魔法のさらに上のランクにある魔族級火炎魔法【バニッシュフレア】だ。

だけど、こんな狭い場所で使ったらバックファイアや爆風などで俺自身も大きなダメージを負う。

下手をすれば、自分の魔法の余波で俺も死んでしまうかもしれない。

仮にそれらを【シールド】で防いだとしても、この遺跡自体が崩落するかもしれない。

「ここじゃダメだ……もっと広い場所を探すんだ」

俺が【バニッシュフレア】を使える場所を——。

「【フライト】！」

飛行魔法で通路内を飛ぶ。

走るよりもこの方がずっと速い。逃げながら胸に負った怪我に治癒魔法をかけた。治癒系の魔法は得意ではないけど、とりあえず応急手当完了だ。

『逃がさん』

気配が後ろからついてきていた。

さすがに【神】を名乗る超存在——その尖兵《せんぺい》だ。

俺の飛行魔法でさえ、簡単に振り切れない。

と、そのときだった。

「この魔力は——マルスか⁉」

前方から覚えのある魔力が漂ってきた。

まさか、マルスもここに転移させられたんだろうか？

＊

マルス・ボードウィンは商家の次男として生を享《う》けた。

実家は貧乏で、取引先からの理不尽な対応に両親が苦労しているのを間近で見てきた。

力が強ければ他者を虐《しいた》げ、力が弱ければ虐げられる。

この世界は力がすべての弱肉強食――。

そんな現実を目の当たりにしてきたマルスは、その現実から抜け出したいと強く願うようになっていった。

マルスに転機が訪れたのは一四歳のころだ。

魔法の才能に目覚め、魔法学園への入学が可能になった。

この世界での魔術師は希少《きしょう》な存在であり、特権階級である。国の中枢《ちゅうすう》で要職を得ることもできるし、軍で貴重な戦力として重宝《ちょうほう》される道もある。他にも魔法関連の仕事は軒並《のきな》み高給取りで、社会的地位も高い。

貧乏な商家から人生の一発逆転が可能になったわけだ。

マルスは自分や家族の人生が一気に拓《ひら》けた気がして嬉しかった。

ただ、魔術師に関して知識を得るうちに、目標が徐々に変わっていく。

この世界には多くの脅威がある。

善良な人間を食い物にする悪党たち。野生のモンスター。今は停戦協定にあるが、いつ人類の敵になってもおかしくない魔族。

魔術師は強大な力をもって、人々を守るための力になれる。

そんな理想を抱いたまま一五歳になったマルスは、やがて望み通りに魔法学園への入学が認められた。

ただ、彼には才能が足りなかった。入学時の魔法の素養チェックで明らかに数値が低かった。

だが、学園側が手続きをミスしたらしく、マルスは一年生で最高の才能が集《つど》うA組に入ることになった。

そこで出会ったのが、レイヴン・ドラクセルという少年だった。

才能に乏しいマルスと違い、彼は本物の天才だった。

彼は——自分がこうなりたい、こうありたいと願う姿そのものといっていい。

すべてを薙《な》ぎ払《はら》う圧倒的な実力。

己の才能に溺《おぼ》れずひたむきに努力する純粋さ。

そして誰にでも分け隔てなく接する優しい性格。

さらに『悪』に対しては毅然《きぜん》と対処する強さ。

僕は、いつか彼のように——。


——気が付くと見知らぬ場所にいた。

「どこだ、ここは……？」

マルスは回想を中断し、周囲を見回した。

つい先ほどまでは海辺にいたはずだが、今は洞窟のような場所に迷いこんでいる。

もちろん移動した覚えはないし、そもそも一瞬のうちにこの場所に来ていたのだ。

まるで超常の力で【転移】したかのように——。

「【転移】魔法というものが存在すると聞いたことはあるけど、魔力の発動は感じられなかった……なら、これは魔法以外の力で起きたことなのか……？」

『ふむ、なかなか察しがいいな、マルス・ボードウィンよ。さすがは「主人公」だ』

　ふいに声が響いた。

「誰だ……⁉」

『我は【神】』

　その声は厳かに告げた。

「神……⁉」

　マルスは戸惑いを強くした。

　普通に考えて、いきなり『私は神です』と言われても信じるのは難しい。

　だが、マルスは――なぜかその声が本当に神なのだと直感した。

　理屈ではなく本能が、その声の正体を知っていた。

『ようやく会えたな。この「周回」でのマルスよ』

「周回……？」

　なんの話だろう、と首を傾《かし》げるマルス。

『お前たちのいる世界は何度も生まれては滅び、また生まれては滅び……というサイクルを繰り返している。すでに数百周はしているはずだ。過去に……もっと前の周回の世界においても「マルス・ボードウィン」は存在した。そのときのお前と今のお前では多少違っているが、な』

「えっ？　えっ？」

【神】の説明は、マルスには半分も理解できなかった。そんなマルスの戸惑いなどおかまいなしに、

『我はこの世界の行く末を知っている』

【神】が語る。

『お前はこの世界においてまさしく「物語の主人公」というべき存在なのだ、マルス』

「僕が……主人公?」

およそ自分には似つかわしくない言葉だ、と思った。

特別な才能に恵まれたわけじゃない。

特別な出自でもない。

容姿や能力に優れているわけでもない。

唯一、大多数の人間にはない『魔法』という力は得られたが、それとて学園内では実力も素質も平凡なレベルに過ぎない。

「お言葉ですが、僕は自分が特別な存在だとは思えません」

自分は『主人公』というより、むしろ『脇役』というべき存在だろう。

『今の自分を正確に分析、把握しているようだな。その謙虚《けんきょ》さはなかなかよいぞ』

【神】はかすかに笑ったようだった。

『だが、今言っただろう。我はこの世界の行く末を知っている、と。現時点では平凡の域を脱しないお前も、成長を続けていき、遠からず最強の存在へと成り上がっていくのだ』

「僕が……？」

最強――その言葉を聞き、胸の鼓動が高鳴った。

「それは、あのレイヴン・ドラクセルよりも、ですか？」

『当然だ。むしろお前にはレイヴンを打倒してもらわなくては困る。なぜなら、あの者こそが世界の敵であり、最大最悪の「悪役」だからだ』

「レイヴンくんが……⁉」

悪役――それは彼にはあまりにも似つかわしくない言葉だと思った。

それこそ、レイヴンには『主人公』という言葉の方がずっと似合う。

『あの者が善良に見えるか？　だが「悪役」とは得てしてそういうものであろう？　他者の油断を誘い、隙を見て刃を立てる――あの者はまさにそういう「悪役」よ』

【神】が笑う。

『だがマルスよ、「主人公」であるお前は惑わされてはならん。「悪役」であり、やがて世界と敵対するレイヴンと対峙し、これを打ち砕くのだ。そして世界を救え』

「僕が、レイヴンくんを……」

『――勝ちたいのだろう、レイヴンに？』

「っ……！」

【神】の囁きにマルスは一瞬言葉を失った。

勝ちたい――。

彼に、自分の力を認めてほしい。

胸がざわつき始めた。

『くくく、もうすぐレイヴンがお前の下に来るぞ』

「えっ……?」

確かに強大な魔力が急接近してくるのが分かる。

おそらく魔法で高速移動しているのだろう。マルスに向かってグングン近づいてくる。

「レイヴンくんが——来る……!?」

『奴を倒し、「主人公」としての生き様を示せ、マルス・ボードウィン』

【神】が静かに告げた。

*

「……ありうる」

転移を行ったのが【神】だとすれば、奴は『悪役』である俺にこの世界のシナリオをゲームに沿って進めてほしかったんだろう。

同じように、マルスにも——?

「だとすれば、俺とマルスを戦わせることが奴の狙い……か?」

さらに先へ進むと、前方にマルスの姿が見えた。

「レイヴンくん……⁉」

「大丈夫か、マルス！」

「僕より――君の方が、ひどい怪我だ……」

マルスが俺を見て、目を見開いた。

「今、治癒魔法をかけるね」

「いや、残念だけどその暇はない」

背後から轟音《ごうおん》が聞こえてきた。

壁を崩しながら巨大な戦車モドキ――【聖獣】がやってくる。

「な、なんだ、あのモンスターは……⁉」

「【神】の力の一部を備えた【聖獣】だ」

俺はマルスに説明した。

「お前も会ったんじゃないのか？　【神】を名乗る存在に」

「じゃあ、レイヴンくんも？」

「ああ。奴は……俺に『自分の手駒になれ』と言ってきたんだ。それを断るとあのモンスターを差し向けてきた」

俺は要点だけをかいつまんで説明した。

「自分の言うことを聞かない駒はいらないらしい」

ばららららっ！

と、【聖獣】が機銃を撃ってきた。

どうやら俺だけを狙っているようだ。

「【シールド】！」

俺は銃弾を魔力の盾でまとめて止める。

が、さっきと同様に盾を簡単に砕かれた。

「ちいっ……！」

俺はとっさに飛行魔法を発動し、後方に飛んだ。

「レイヴンくんの【シールド】をこんなに簡単に……」

「奴は、強い」

驚くマルスに俺は言った。

「あいつはたぶん俺だけを狙ってる。マルスは逃げてくれ」

「レイヴンくん……？」

「俺と一緒にいると、お前まで巻き添えを食うかもしれない」

「……僕は」

マルスがうつむく。

「並のモンスターならともかく、あいつが相手だと俺は他の奴を庇《かば》う余裕がない。だから、逃げろ」

「それは——僕が足手まといだってこと？」

マルスが顔を上げ、キッとした目で俺をにらんだ。

「違う。僕だって、君の力になれるんだ」

「マルス……？」

「倒そう。僕ら二人で、あいつを」

その顔には決意がみなぎっている。

まさしく、主人公の顔だ。

正直、いくらマルスが強くなってきているとはいえ、【聖獣】はさすがに荷が重い相手かもしれない。

だけど……それでもマルスはこの戦いに必要な予感がするんだ。

俺の中の何かがそう言っている。

俺とマルス――『悪役』と『主人公』の共闘が勝利のカギだ、と。

「ああ、勝つぞ。俺とお前で」

俺はマルスに向かって力強くうなずいた。

「先制攻撃は僕がやるよ。隙ができたら、レイヴンくんがトドメを！」

「分かった」

「【螺旋魔弾《らせんまだん》】！」

マルスが得意の魔弾攻撃を放つ。

螺旋状に回転する魔弾が戦車モドキに命中した。

ばぢぃっ！

が、奴の装甲の前にマルスの魔弾は弾け散ってしまう。

「硬い――」

「俺もさっきやったけど、生半可な魔法は通用しない。しかも、あいつの攻撃は俺の【シールド】でも防げない」

「最強の攻撃力と防御力を併せ持っている、ってことだね……」

俺の説明にマルスがうめいた。


――戦闘は、俺たちの劣勢《れっせい》で続いた。

「強い……っ！」

俺とマルスが同時にうめく。

こっちの攻撃は奴の装甲に届く前に消え去り、奴の攻撃を防ぐ手段はない。これでは戦いにならない。

「勝ち目がないね……」

マルスが険しい表情でつぶやいた。

「レイヴンくん、ここは逃げた方が……」

「逃げる？　違うだろ、マルス」

俺はマルスを見つめた。

「倒すんだ。俺たち二人で」

「けど……」

「俺たちなら、できる」

力を込めて告げる。俺とマルスなら勝てるという予感が、はっきりとした考えに変わってい
く。

「戦いながら気づいたんだ。俺たちの攻撃魔法はあいつにダメージを与えられていないように見えるけど……少しずつ、奴の装甲に傷ができている」

「えっ……？」

「あの装甲は無敵じゃないし、完全に攻撃を無効化できるわけでもない。ただ装甲に届くまでに魔法の威力を極端に減衰《げんすい》させているだけだ」

俺はマルスを見た。

「つまり、その『減衰』を撃ち破る『貫通力』と、『減衰』してもなおダメージを与えられる『高火力』を併せ持つ魔法なら――きっと通用するはず」

「僕の【螺旋魔弾】のことを言っているのかい？　でも、それも奴の装甲に届かなかった」

「ただの【螺旋魔弾】ならそうだろうな。だから、もう一つ二つ仕掛けを打つんだ。たとえば
――」

俺は思いついた内容をマルスに耳打ちする。

「合体魔法……？」

「俺とお前の魔法の力を合わせて撃つ。上手《うま》くいけば威力は倍化――いや、相乗されるはずだ」

合体魔法。

それはゲームの第二部以降に登場する魔法のコンボ技だ。

今はゲームで言うところの第一部だから、この世界の人間にとって『合体魔法』という概念はないはずだった。

けれど、俺はその存在を知っている。そのイメージがある。

だから、上手《うま》くタイミングを合わせることができれば、合体魔法の実行は可能だと思う。

「聞いたことのない術式だけど、君が言うなら確かだね。信じるよ、レイヴンくん」

マルスがうなずいた。

「僕は何をすればいい？」

「マルスはいつも通りに【螺旋魔弾】を撃ってくれ。俺がそれに合わせてありったけの魔力を込めて【光弾《こうだん》】を撃つ」

ゲーム内には登場しない俺とマルスの合体魔法。

ゲームでは『悪役』と『主人公』だし、二人が共闘するシナリオなんてないから当然だ。

けど、この世界では違う。

ゲームではありえない合体魔法も、俺たちならできる――！

「じゃあ、いくよレイヴンくん――【螺旋魔弾】！」

マルスが螺旋回転する【魔弾】を放つ。

これはマルス独自の技術だから、俺にも再現はできない。

だけど、

「【光弾】――フルパワーだ！」

マルスの【螺旋魔弾】に重なるように、俺は全魔力を込めた【光弾】を放った。

黄金に輝く【光弾】と漆黒の【魔弾】が重なり、融合する。

俺の【光弾】は【魔弾】より効果範囲が広く、さらに俺の魔力を全開にしたことで圧倒的な威力を兼ね備えている。

そこにマルスの【螺旋魔弾】が持つ強烈な貫通力が加わる。

マルスの技術と俺の魔力の融合技だ。

その名も――、

「【双墜螺旋魔光弾《そうついらせんまこうだん》】！　いっけぇぇぇぇぇっ！」

金と黒に彩られた超巨大な魔力弾と化したそれが、戦車モドキに命中する。

自慢の装甲をドリルのような螺旋回転で貫き、内部から強大な魔力で焼き尽くす。

ぐごおお……んっ！

次の瞬間、戦車モドキは爆散し、跡形もなく消滅した――。

「やったな、マルス！」

「さすがだよ、レイヴンくん！」

戦車モドキを撃破したことを確認し、俺たちは握手を交わした。

うん、清々《すがすが》しい気分だ。こうやって友だちと協力して何かを成し遂げるというのは、本当に気持ちがいい。

「あとはここからどうやって出るか、だな」

「ここに来たのは【神】による転移みたいだけど、脱出するのは自分たちの足で歩いていくしかないよな」

飛行魔法でも移動はできるけど、コントロールを失敗すると壁や天井に激突してしまう。

さっきは戦闘時だったからリスク承知で使ったけど、さすがに今は徒歩で移動すべきだろう。

俺たちは神殿内を移動した。

出口を求めて進むうちに、やがて巨大なホール状の部屋に出る。

「ねえ、レイヴンくん。一つ聞いていいかな？」

マルスがぴたりと足を止めた。

俺を見つめる瞳は、どこか冷たい光が宿っていた。

シンと静まり返った室内で、空気がやけに重い。

「……なんだ？」

不思議な緊張感を覚え、俺はたずねた。

「ここは僕が最初に転移してきた場所だ。そして【神】を名乗る存在と対面した」

マルスが語る。

「【神】……か」

「といっても、その言葉通りの存在なのか、それとも【神】を騙っているだけの存在なのかは分からない。ただ、【神】は気になることを言っていたんだ」

マルスが俺を見つめた。

「レイヴン・ドラクセルは世界の敵となる『悪役』だ、って」

「っ……！」

俺は息を呑《の》んだ。

「レイヴンくん、君は――そんな人間じゃないよね？」

マルスがたずねる。

「僕の友だち、だよね？」

その瞳から冷たい光が消えている。

まるで縋《すが》るような目だった。

不安に揺れた目だった。

「当たり前だ」

俺は力強くうなずく。

それが――俺の答えだ。

この答えにたどり着くまでに何度も迷った。

でも、やっぱり心の芯にある気持ちは変わらない。

俺とマルスは、友だちなんだ。

俺にとって生まれて初めてできた、大切な友だちなんだ。

「それに、世界を滅ぼそうなんて思っちゃいない。だいたい、その【神】もひどいよな。俺を勝手に『悪役』呼ばわりなんて、さ」

「ふふ、そうだね」

マルスはやっと笑ってくれた。

「……君の力は強大だ。だからこそ、その使い道には責任が伴うと思うんだ。まさか君が世界の敵になるなんて思ってないけど、それでも」

笑みが、ふたたび陰る。

「【神】を名乗る存在に言われると、やっぱり不安になるからね」

「不安は解けたか、マルス」

「もちろんだよ、レイヴンくん」

俺の問いにマルスは即答してくれた。

けれど――もしかしたら、マルスの中で疑念が残っているのかもしれない。

俺にはそれを確かめるすべはない、けれど。

俺たちはさらに彷徨《さまよ》い、どうにか神殿の外に出ることができた。

ここに来るときは【神】によって転移させられたが、脱出時は当然徒歩である。

「たぶん、中にいたのは二時間くらいだと思うけど……キサラたちが心配してるだろうな」

俺はため息をついた。

「早く戻った方がよさそうだね」

「じゃあ、飛行魔法で帰ろう。マルス、飛行魔法は習得してるんだっけ」

「……実は苦手で」

「なら、俺の手につかまれ。一緒に飛ぶぞ」

「ありがとう」

にっこり笑って、マルスが俺の手を取った。

「【フライト】」

俺たちは飛び上がった。

飛びながら、思う。

今は――こうして手に手を取っているけれど。

これから先も、ずっとこうしていられるんだろうか。

「俺たちは……」

ちらり、と隣にいるマルスを見つめる。

いつか互いの道が分かたれ、戦う日が来るんだろうか。

ゲームのシナリオのように『悪役』と『主人公』として。

でも、俺はそんな運命はごめんだ。
願わくば、これからもマルスと友だちでいられますように――。

書き下ろし短編

マルスの出立

マルス・ボードウィンは商家の次男として育った。

実家は貧しく、マルスや兄を育てることにも、生活そのものにも苦労の連続だった。

そんな中で理不尽な目に遭《あ》ったことは数えきれないほどある。

強者は常に弱者を虐《しいた》げる。この世はしょせん弱肉強食なんだ——。

幼いころからの苦労は、マルスに自然とそんな考えを植え付けた。


一四歳のころ、マルスは近所に住む同年代のグループに毎日のようにいじめられていた。

「お前んち、貧乏なんだってな！」

「お前ごときがローダさんに逆らうんじゃねーよ！」

「ローダさんの家は大金持ちなんだぜぇ？」

「お前の家とは格が違うんだよ、格が」

少年たちは嘲笑《ちょうしょう》とともにマルスに拳《こぶし》や蹴《け》りの雨を降らせる。

「や、やめてよ……やめて……」

「はっ！　うるせえよ！」

マルスへのいじめを主導しているのはローダという大富豪の長男だった。彼とその取り巻きによって、マルスは何年も虐げられている。

「この世は弱肉強食なんだよ！　俺みたいな強い人間はお前みたいな弱い人間を虐げていいんだ！　こいつは強い者に与えられた権利……いや義務だ！」

子どもとは残酷なものだ。

自分自身やその背景が持つ力によって格付けし、格が上の者——あるいはそこに所属している者は、格下の者を容赦《ようしゃ》なく攻撃する。

反撃されないことが分かっているから、いくらでも、いたぶるように。


「うう……」

さんざん暴力を受けた後、ローダたちは去っていった。

ひと気のない公園で、マルス一人が取り残されていた。

「もう嫌だ……こんな毎日……」

いちおう『ふざけて、じゃれあっている』という名目ではあるが、実際には殴られ、蹴られ、彼らの格好のストレス解消の道具にされている。

悔しくて。痛くて。みじめで。

毎日が辛く、苦しかった。

ぽたり。

頬《ほお》を伝う涙が手の甲に落ちた。

ぽたり。

また落ちた。

ぽたり……じゅうっ。

また落ちて、蒸発した。

「……ん？」

マルスは異変に気付く。

涙がこんなふうに蒸発するなんてあり得るのか？

「僕の手が――」

高熱を宿していた。

病気で発熱したとか、そういうレベルではない。まるで火のように熱い――。

「くっ……力が、あふれる――」

体の内側から熱い何かが湧《わ》きだす感覚があった。

とっさに右手を上に向け、その熱を放出する。

どんっ！

手のひらから、赤く輝く火球が飛び出した。

「えっ？　えっ？」

マルスの驚きをよそに火球は上空に飛んでいき、そこで爆発した。

花火のような美しい輝きが空を照らしだす。

「これって――」

マルスはその輝きを呆然《ぼうぜん》と見上げていた。

「魔法だ……！」

今までの一四年間の人生で見たことがないくらいに美しく、鮮烈な炎の赤色――。

その輝きは、マルスのこれからの人生に希望を灯《とも》してくれるように感じた。


その日の夜、マルスは勢い込んで両親にそのことを報告した。

「聞いて、父さん、母さん！　僕、魔法を使えるようになったんだ！」

「えっ」

両親は驚いたような声を上げる。

「魔法だって⁉　本当か……？」

半信半疑の様子だった。

確かに、魔法の素質を持つのは、ほとんどが王族や貴族階級である。平民から魔法素質者が現れることもあるが、ごくまれなことだった。

「まさか。親をからかうのはやめなさい」

「そうよ、マルス。平民が魔法を使えるわけないでしょう」

「でも、使えたんだよ。見て！」

マルスは右手を突き出した。

ヴンッ……！

そこに淡い輝きが灯る。魔力の輝きだ。

このまま放出すると、家の中がめちゃくちゃに破壊されてしまうので、いったん魔力光を消す。

「どう？　僕の魔力だよ」

マルスは自慢げに言った。

「お前、それ……」

「本当に本当なの……？」

両親は驚いたように目をしばたたかせている。その表情が徐々に喜びのそれへと変化していく。

両親も気づいたのだ。自分の子が魔力を持つ——その意味に。

魔法の素質を持つということは、将来は魔術師になれる可能性があるということだ。

「魔術師は国の要職についたり、あるいは冒険者になっても稼げるし、将来は特権階級だよ」

マルスが微笑《ほほえ》んだ。

「貧乏暮らしから脱出できるんだ。見てて、父さん、母さん。出稼ぎしている兄さんも合わせて、家族みんなが豊かに暮らせるように、僕頑張るからね」

――そうだ、この力で這《は》い上《あ》がろう。

いつまでも貧乏なままなのは嫌だ。

貧しいから、いじめられてきた。そこから這い上がり、人並みの暮らしを手に入れるのだ。

そうすれば、もう虐げられない。

もっと素晴らしい人生が待っているはずだ。

「絶対、この生活から抜け出してみせる――」

マルスの心に生まれた希望が、確かな形を持った瞬間だった。


マルスはその後、独自に魔法の修行を重ねた。

魔法素質者が入ることのできる『魔法学園』は初等部、中等部、高等部と年齢によって分かれているが、一四歳のマルスが該当するのは中等部だ。

だが、今からだと編入になるうえに、編入試験を受けるには王都まで行き、高い受験料を払わなければいけないため、これは断念した。

高等部以降の入学は国からの補助金が増えるため、ここに照準を合わせ、一年後の受験に向けて、ひたすら腕を磨《みが》き続《つづ》ける。

ローダたちもマルスが魔法を使えるようになったことを知ったらしく、以前のようにいじめてこなくなった。

その日もマルスは魔法の修行をしていた。

「――よし、【ファイア】はかなりコントロールできるようになってきたぞ。

独学なこともあり、魔法の修行はすべて手探りだ。

【ファイア】一つ身につけるのも苦労した。

裕福な貴族などの場合は、学園に通う以外にも個人的に魔法の家庭教師を雇うような家もあるそうだが、マルスの実家にはとても無理な話だった。

とにかく一つ一つ、自分の感覚を頼りに魔法の力を磨くしかない。

「【ファイア】以外にもできそうなんだよね……もっと別の魔法が――」

感覚的には、むしろ【ファイア】よりも今感じている『別の魔法』の方が上手《うま》く扱えそうな気がする。

とはいえ、その魔法をどうやって発現《はつげん》すればいいのか、どうやってコントロールすればいいのか……何もかもが分からないので、やはり手探りで試行錯誤していくしかない。

と、そのときだった。

「う、うわぁぁぁ……」

遠くから悲鳴が聞こえてきた。

「えっ……」

その悲鳴に交じり、雄たけびのような声も聞こえる。

「まさか――」

モンスターだ。

子どものころ、町中に迷い込んできたモンスターに襲われたことがあるが、それによく似た雄たけびだった。

城壁に守られているとはいえ、ごくたまに町中にモンスターが侵入することはある。

いちおう自警団があるものの、即時対応できるほどの人数や体制が充実しているわけではなかった。

「僕が……」

マルスは自分の手を見下ろした。

そこにはまだ、先ほど放った【ファイア】の余熱が残っている。

「魔法を使えば、モンスターを撃退できるかも……」

行ってみよう、と思った。


マルスは悲鳴や雄たけびが聞こえてくる方に走った。一区画ほど先の現場に到着する。

「えっ、ローダと取り巻きのみんな……」

そう、いつもマルスをいじめている連中が狼《おおかみ》のような姿のモンスターに追い詰められているところだった。

「ひ、ひいいい……」

「助けて……助けてくれぇ……」

ローダたちはマルスに助けを求めていた。

「お、お前、魔法を使えるって噂《うわさ》だったよな……こいつを倒してくれぇ」

「頼むよ、マルスぅ……」

全員の目つきが、いつも彼を見るときのそれとは違う。生きるために、必死でマルスに縋《すが》っている目だった。

勝手なことを――とは思わなかった。

もちろん彼らに虐げられてきた怒りはある。けれど、今この場では――今までの怒りも恨みも吹き飛んでいた。

ただ、彼らを助けたいという気持ちだけが心の底から湧き上がり、マルスを突き動かす。

「彼らから離れろ」

マルスは右手を突き出した。

【ファイア】は使えない。爆炎に彼らを巻き込んでしまうかもしれないからだ。まだまだ練習中の魔法で、そこまで精密なコントロールはできない。

「周りに巻き添えが出ない術を――対象だけを破壊する術を――」

マルスは必死でイメージした。

魔法については素人《しろうと》だが、確か魔法というのはイメージの具現化がその魔法の強大さや効果の高さにつながると聞いたことがある。

ならば、より鮮明なイメージを持てば――マルスにも精密な破壊魔法が扱えるはずだ。

「お、おい、何やってるんだよ！」

「まさか、俺たちがお前をいじめていたから……見捨てる気か⁉」

「あ、謝ります！　すみませんでしたぁっ！」

「だ、だから助けてくださいぃぃ！」

すぐに魔法を使わないマルスの態度を誤解したのか、彼らは這《は》いつくばり、地面に頭を擦《こす》りつけた。

しょせん、この世は弱肉強食――。

以前ローダはそう言った。

強い者が弱い者を虐げるのは権利であり義務だと。

「――違う」

マルスはイメージする。

モンスターを打ち倒すイメージを。

そして、彼らを救うイメージを。

「もし義務があるとすれば――それは強い人間が弱い人間を守ることだ！　みんなを、守ることなんだ！」

ごうっ！

マルスの手のひらから輝く魔力弾が撃ち出された。

魔力弾はモンスターの中心部を射抜き、一撃で打ち倒す。

「うおおおお、すげぇ！」

「た、助かった！」

「ありがとう、マルス……」

彼らは泣きながらマルスの下に駆け寄った。

「みんなが無事でよかったよ」

マルスもホッとして笑う。

「……助けられたのか、お前に」

ローダがポツリとつぶやいた。

こちらを見つめる彼の表情に浮かんでいたのは、屈辱だろうか？　それとも――。

「借りができちまったな」


それから一年足らず――。

マルスはついに念願の魔法学園に入れることになった。あれから修行を積み、いくつも術式を覚えたし、魔力は日増しに強まっていくばかり。

そして――入学に備えて町からの出立が近づいていた、ある日のこと。

「おい」

ローダが話しかけてきた。

「お前、この町を出て魔法学園に入るんだってな。もうすぐお別れか」

「うん、元気でね、ローダ」

「お前もな……」

ローダが驚くほどか細い声で言った。

「その……応援してるぜ。お前をいじめていた俺なんかに応援されたくないだろうけど……」

「……そんなことはない」

マルスは首を左右に振った。

「僕の家、半年くらい前から匿名《とくめい》の援助が始まったみたいなんだ。家計が苦しいときに助けてくれたり、食料や衣服を援助してくれたり……」

「そ、それは――」

「君がしてくれたんでしょ？」

マルスの商家はその援助のおかげで経営の苦境から脱していた。もちろん貧乏暮らしではあるのだが……以前よりも幾分暮らしが楽になっているのだ。

「……命を救われた借りを返したかっただけだ」

ローダがうつむいた。

「それに援助は俺が親父《おやじ》に頼んだだけだ。俺自身の力じゃない」

「君が働きかけてくれたんじゃないか。嬉《うれ》しいよ」

マルスは彼に一礼した。

「ありがとう」

「よ、よせよ！　俺は恨まれこそすれ、感謝されるいわれはねぇ！」

言いながらローダは顔を赤くした。

照れているようだ。

「――ありがとう」

もしかしたら、マルスがローダを救ったことで、彼も少し変わったのかもしれない。

ならば、やはり自分の戦いには意味があったのだ。

魔術師になって両親の生活を楽にしたい思いは変わらない。だが、それと同時に『人を救う』ということに意義を見出だし始めていた。

（僕はこの力で……もっと大勢の人を救いたい）

まだぼんやりとではあるが、マルスの中にその思いが高まりつつあった。

その後、魔法学園に入学したマルスは一人の少年と友になり、『人を救いたい』という気持ちを加速させていくことになる。

友の名は【レイヴン・ドラクセル】といった――。

あとがき

はじめましての方ははじめまして、お久しぶりの方はお久しぶりです。六志麻《ろくしま》あさです。

本作は『小説家になろう』や『カクヨム』に掲載している作品を大幅に加筆&新規章と短編を追加したものになります。新規章や短編などトータルで三万字以上を加筆し、かなりのボリュームになったと思います。

ウェブ版をベースにした各章についても、読みやすいように修正したり、新規章やその他設定の整理等に対応した加筆も随所にしてありますので、ウェブ版と読み比べてみるのも一興かと思います。

書き下ろした二章は、主人公レイヴンが序盤に魔法結社と対決したり、キサラとの絆《きずな》を深めたりするエピソードと、海水浴に出かけたレイヴンやマルス、ヒロインズの水着回+後半は謎の敵とのバトル……といった内容です。

短編の方はマルスの視点に立った過去のエピソードとなります。本編とは違う角度からマルス・ボードウィンというキャラクターが掘り下げられていますので、ぜひご一読いただきたいです。

いずれも本書でしか読めないエピソードですので、ウェブ版既読の方も、きっとお楽しみいただけると思います。

そして本作が書籍化できたのは、何よりもウェブ版を読んでくださっている方々の応援が大きいと思います。なろうやカクヨムに寄せられた感想など連載当時からずっと励みになっております。本当にありがとうございます。

また、本作の出版を許可してくださったファミ通文庫編集部様、本作の改稿や加筆にあたり、様々なアドバイスをくださった担当編集者のE様、美麗で素敵なイラストの数々を描いてくださった玲汰先生、本当にありがとうございます。

さらに本書が出版されるまでに携わってくださった、すべての方々に感謝を捧《ささ》げます。もちろん本書をお読みくださった、すべての方々にも……ありがとうございました。

それでは、次巻でまた皆様とお会いできることを祈って。

二〇二四年十一月　六志麻あさ

死《し》亡《ぼう》ルート確《かく》定《てい》の悪《あく》役《やく》貴《き》族《ぞく》

努《ど》力《りょく》しない超《ちょう》天《てん》才《さい》魔《ま》術《じゅつ》師《し》に転《てん》生《せい》した俺《おれ》、
超《ちょう》絶《ぜつ》努《ど》力《りょく》で主《しゅ》人《じん》公《こう》すら瞬《しゅん》殺《さつ》できる
凶《きょう》悪《あく》レベルになったので生《い》き残《のこ》れそう

2024年11月30日　初版発行

著　　者　六《ろく》志《し》麻《ま》あさ

イラスト　玲《れい》汰《た》

発 行 者　山下直久

発　　行　株式会社KADOKAWA
〒102-8177 東京都千代田区富士見2-13-3
電話 0570-002-301（ナビダイヤル）

編集企画　ファミ通文庫編集部

デザイン　AFTERGLOW

写植・製版　株式会社オノ・エーワン

印　　刷　TOPPANクロレ株式会社

製　　本　TOPPANクロレ株式会社

●お問い合わせ
https://www.kadokawa.co.jp/（「お問い合わせ」へお進みください）
※内容によっては、お答えできない場合があります。
※サポートは日本国内のみとさせていただきます。
※Japanese text only

ISBN978-4-04-738166-7　C0093
定価はカバーに表示してあります。